OHSAMA BUNKO

眠れないほどおもしろい
紫式部日記

板野博行

三笠書房

「あはれの天才」の
心の叫びが聞こえてくる…

『紫式部日記』の世界へようこそ

はじめに

世紀の大傑作『源氏物語』の作者による平安王朝、宮仕えレポート！

全五十四帖《じょう》。四百字詰めの原稿用紙にして約二千四百枚もの大長編小説、『**源氏物語**』。

それは今から千年以上前の、西暦一〇〇〇年頃に日本で書かれました。ちなみに『源氏物語』は、イギリスのシェークスピア作『ロミオとジュリエット』より約六百年も早く書かれ、彼の最大の長編『ハムレット』の五倍以上もの文字数を誇ります。たった一人で、長大かつ複雑な物語を破綻《はたん》なくまとめ上げる構想力と、ゆるぎない筆力。彼女を天才と言わずして、なんと言うのでしょう。

今ならノーベル文学賞受賞確実の、その作者の名は、紫式部《むらさきしきぶ》。

ハムレットは「生きるべきか、死ぬべきか、それが問題だ」と言いましたが、**紫式部はこの苦しみ多き現世《うつしよ》を、「あはれ」というひと言に集約させました。**

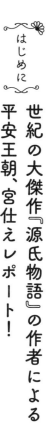

「あはれ」の意味は使われる場面や状況で万華鏡のように変化し、登場人物たちの万感《ばんかん》の思いをたったひと言で見事に表現しました。単純にして奥深い……。

本書では**「あはれ」の天才紫式部が書いた『紫式部日記』を軸に、紫式部が仕えた中宮彰子《ちゅうぐうしょうし》や同僚女房《にょうぼう》たち、そしてライバルにあたる清少納言《せいしょうなごん》のことなどを紹介しながら、紫式部の生きた平安時代を立体的にわかりやすく解説**していきます。

摂関《せっかん》政治全盛期に花開いた女房文学ですが、その裏では藤原氏《ふじわらし》を中心とした男性貴族たちの陰謀や策略がうごめいていました。華やかな歴史の裏には、必ず暗い闇があります。

『紫式部日記』は中宮彰子の出産記録が半分以上を占めますが、本書では、その背景にあたる**藤原道長《みちなが》の栄華と、そこに至るまでの藤原氏の骨肉の争い**なども描いていきます。

また、紫式部の日記には天才ゆえの苦悩も書かれています。それは、今を生きる現代人にも通じる孤独と無常観です。本書を通じて『紫式部日記』とその時代の魅力を少しでもお伝えできたら、著者としてこの上ない幸せです。

板野博行

もくじ

2章

宮仕えはつらいよ！　の巻

……「厭世観の無限ループ」からの脱出なるか？

3章

女房批評、させていただきます の巻

……「ありあまる文才」と「走りすぎる筆」

4章
『紫式部日記』が書かれた時代って？の巻
……「藤原氏の歴史」をたどると、さらに面白くなる！

5章

紫式部と藤原道長——本当はどんな関係だった？ の巻

……「満月のようにパーフェクト！」な男と四納言たち

教えて、和泉式部!!

漫画・イラストレーション　ナツキ シノブ

ナビゲートは和泉式部にお任せくださいませ！

わたくし、「和泉式部《いずみしきぶ》」と申します。

華やかなりし平安王朝を彩った女房《にょうぼう》の一人でございます!!

「女房」というのは、現代でいうところの「妻」の意味ではなくて、えら～いお方にお仕えする女性のこと。わたくしの場合は、かの有名な藤原道長《ふじわらのみちなが》サマの御娘《おむすめ》、中宮彰子《ちゅうぐうしょうし》サマにお仕えしていました。

同じく彰子サマにお仕えした同僚には、紫式部さんや赤染衛門《あかぞめえもん》さんがいました。そして、ライバルの中宮定子《ていし》サマに仕えていたのは『枕草子《まくらのそうし》』を書いた清少納言《せいしょうなごん》さん。

それはそれは超～有名な女房（しつこいけど宮仕えの女性のことね）たちが揃っていました。わたくしたちが暮らしていた西暦一〇〇〇年前後の京都では、天皇や貴族を中心に雅《みやび》な王朝文化が花開いていました。そんな中、女房たちによって平仮名で書かれた「女房文学」と呼ばれる作品も生み出されたのです。

そんな豪華メンバーの陰に隠れているとはいえ、わたくしもそれなりの歌詠《うたよ》み（一部では「天才歌人」と呼ばれることも）で、『百人一首』に撰ばれているのはもちろん、『和泉式部日記』という作品も残しています。以後、お見知りおきくださいね♡

この本では、**紫式部さんの残した『紫式部日記』を読み解きながら、中宮彰子サマのご出産の様子や女房たちの人物像、そして道長サマとその周辺を彩る人々の栄枯盛衰を、わたくし和泉式部のナビでご紹介していきます**ので、どうぞ最後までよろしくお願いいたします！

最後に、本文では敬称略で語りますけど、そこはお許しくださいませませ!!

『紫式部日記』とは

『紫式部日記』は、中宮彰子の出産が迫った一〇〇八年秋（七月）から一〇一〇年正月にかけての諸事を中心にして、彰子の女房として仕えた紫式部によって書かれています。

全二巻、内容は大きく三部に分けることができます。

一巻

第一部　日記体（記録）

一〇〇八（寛弘《かんこう》五）年

七月　中宮彰子が出産のため、父藤原道長の土御門殿《つちみかどどの》へ里帰りする

九月　中宮彰子が敦成親王《あつひらしんのう》（のちの後一条天皇《ごいちじょう》）を出産

一〇〇九（寛弘六）年

一月三日までの日記

二巻

第二部　手紙文体（消息文《しょうそこぶみ》）

第一章

中宮彰子付き女房たちの人物批評
和泉式部・赤染衛門・清少納言の人物批評

第二章

我が身と心の自省

第三部　日記体（記録）

時期不明記事　道長との和歌贈答
一〇一〇（寛弘七）年一月　敦良《あつなが》親王（のちの後朱雀《ごすざく》天皇）の戴 餅《いただきもちい》の儀

一巻はしっかりした構成ですが、二巻の構成は適当です。紫式部本人が付け足したのか、それとも後世の誰かが紫式部の書いた日記や手紙をつなぎ合わせたのかは不明ですが、いずれにせよ**敦成親王誕生に関する記述がこの日記のメイン**になっています。

作者である**紫式部の本名は不明**ですが、藤原道長の書いた日記『御堂関白記《みどうかんぱくき》』に出てくる女房の一人、「藤原香子（かおる〈り〉こ・たかこ・こうし・よしこ）」ではないかという説があります（この時代の名前の読み方は不明なものが多いのです。特に女性は名前さえ不明の場合が多いのです）。

もし藤原香子だとすると、記録によれば紫式部の結婚は藤原宣孝《のぶたか》（202ページ参照）との一回限りではなく、それ以前に別の男性との婚姻関係があった可能性もありますが、あくまで推測の域を出ません。

紫式部の正式な伺《し》候名《こうな》は、勅撰集《ちょくせんしゅう》の作者名などによると「藤式部《ふじしきぶ》」ですが、紫式部の書いた『源氏物語』が評判になるにつれてその作者としてのイメージが強くなり、**父藤原為時《ためとき》の官職名「式部《しきぶ》の丞《じょう》」から「式部」を、『源氏物語』のヒロイン「紫《むらさき》の上《うえ》」から「紫」を取って「紫式部」というあだ名ができ、それが通称になった**のではないかと考えられています。

「紫」はとっても高貴な色、それが名前についちゃうなんてステキですね。

『源氏物語』という大傑作を残し、中宮彰子にも仕えた有名な女房だった紫式部。それなのに、本名も生没年も不詳とは、なんとも謎多き女性ですね。

紫式部をめぐる皇室・藤原氏の関係系図

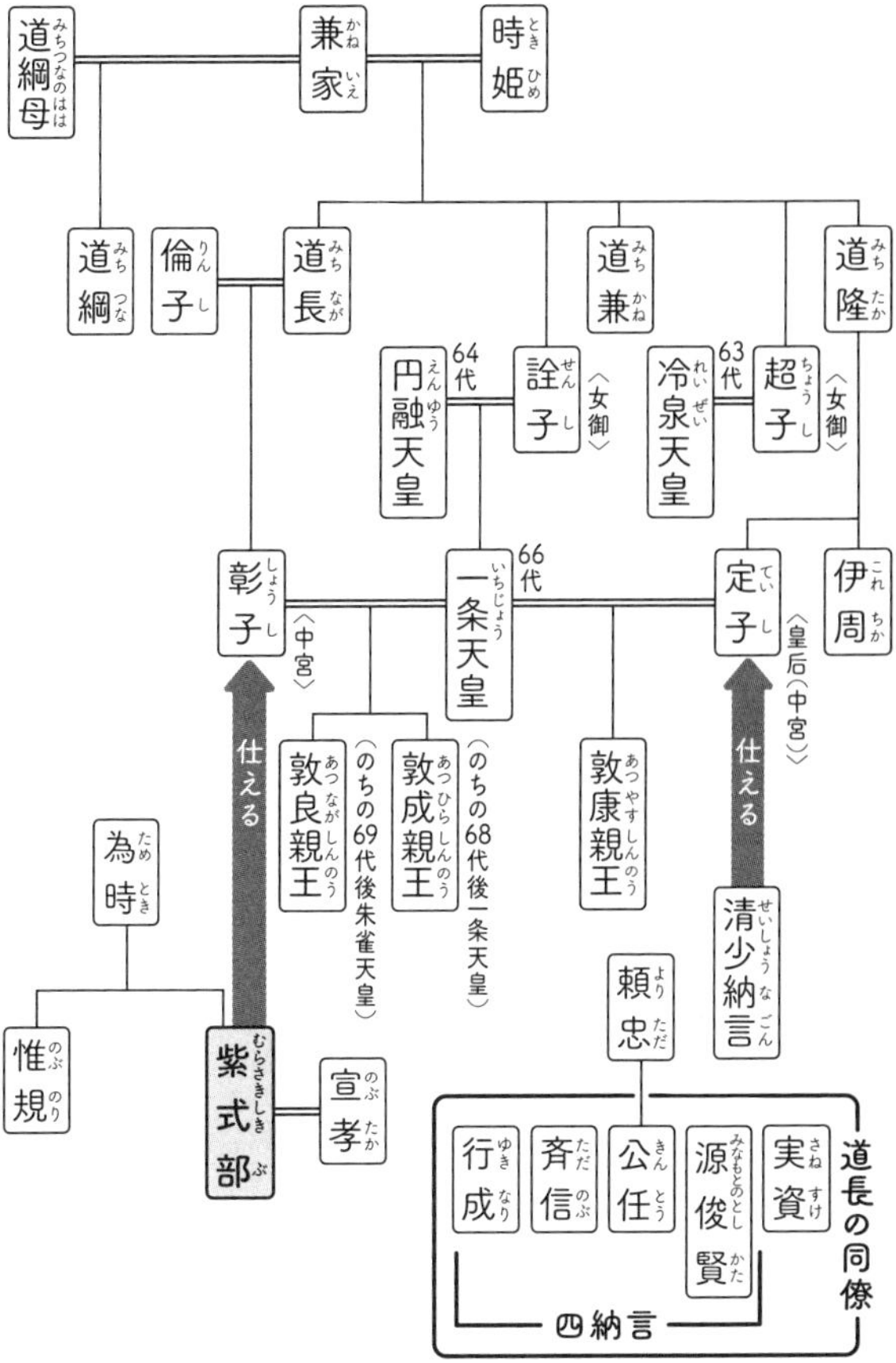

1章

中宮彰子、若宮をめでたくご出産！の巻

……今をときめく『源氏物語』の作者として後宮にスカウト！

女房デビュー！仕えたお方は藤原道長の娘・中宮彰子

貴女は天才だ
是非、娘のところで
女房をしてくれ!!
♪
藤原道長
えっ
好きなだけ
『源氏物語』
の続きを
書いていいぞ
紫式部
道長様の口説き文句に
乗って中宮彰子様の
女房になったものの
ひ〜〜っ
女房なんて仕事
苦手なのに〜
はぁ〜
もう
出家しようかしら
……
ハッ
なんて言ってる
場合じゃないわ
彰子様が無事に
ご出産されます
ように

天才紫式部は、二十代（後半？）に山城守《やましろのかみ》※を務めていた**藤原宣孝《ふじわらののぶたか》の猛アタックを受けて結婚**しました。当時としては晩婚※だった紫式部は、九九九年頃に賢子《けんし》（大弐三《だいにのさん》位《み》）を産みましたが、二人の結婚生活はわずか二年と数カ月で幕を閉じてしまいます。一〇〇一年、**宣孝は流行り病にかかり、およそ五十歳で逝去《せいきょ》した**のです。

宣孝が亡くなった際に紫式部が詠《よ》んだ歌です。

見し人の　けぶりとなりし　夕べより　名ぞむつましき　塩竈《しおがま》の浦

訳 夫が死に、荼毘《だび》に付されて煙になってしまった夕暮れ以降、「睦《むつ》まじ」という音に通う「陸奥《むつ》」の国の「塩竈の浦」（現・宮城県塩竈市）でたなびく塩焼の煙までも身近に感じられます。

突然、夫に先立たれた紫式部は、淋しさと同時に不安に襲われます。「娘もまだ幼いのに、どう生きていけばいいのかしら」……そんな気持ちを紛らわすために、物語を書くことに没頭しました。

それが、のちに『**源氏物語**』と呼ばれることになる大、大、大傑作物語なのです。

最初は五十四帖《じょう》にもなる壮大な物語を書くつもりはなかったでしょう。でも、書いては知人に読んでもらっているうちに周りで評判となり、読者は増えていきました。そしてその噂《うわさ》は、ついに時の権力者である藤原道長《みちなが》の耳にも入りました。道長と紫式部、運命の出会いです。

紫式部はその才能を買われて、**道長の娘で一条《いちじょう》天皇の中宮彰子《ちゅうぐうしょうし》に家庭教師役の女房《にょうぼう》として後宮《こうきゅう》に仕える**ことになりました。その出仕《しゅつし》は、一〇〇五年の暮れから一〇〇七年にかけてスタートしたとみられています。

いよいよ女房デビューです、紫式部さん!!

※「山城守」……「山城」は現在の京都府南部の地。「守」は、地方行政単位である「国」を支配する行政官として中央から派遣された国司《こくし》のうちのトップ。今の県知事クラス。

※「晩婚」……平安時代の貴族の女性の結婚適齢期は十三〜十五歳、男性は十六〜二十歳頃。そうしたことから、紫式部は宣孝との前に別の男性と一度結婚していたのではないかという説もある。

教えて、和泉式部!!

「後宮」って何？

皇后や中宮などが住む宮中奥向《おくむ》きの宮殿を「後宮《こうきゅう》」と呼び、そこに女房たちが集いました。この時代は、**江戸時代のような男子禁制ではなく、天皇はもちろん貴族たちも頻繁《ひんぱん》に出入りする一種の「サロン」と化していました。**

女房の仕事は主人の身辺に関わる雑務をこなすことでした。中級貴族の娘が出仕することが多かったのですが、道長は自分の娘以外の后妃《こうひ》候補者を排除するために、わざと身分の高い貴族の娘を女房として雇い、自分の娘の箔付《はくづ》けをしました。「政争の具」にしていた面もあったのですね。

教養の高い女房が多く、平仮名を使って和歌を詠んだり日記や物語を書いたりしました。中宮彰子に仕えた紫式部、赤染衛門《あかぞめえもん》、わたくし和泉式部《いずみしきぶ》、中宮定子《ていし》※に仕えた清《せい》少納言《しょうなごん》など多士済々《たしせいせい》、**後宮において豊かな「女房文学」が花開いた**のです!!

※「中宮定子」……道長の兄道隆《みちたか》の娘。九九〇年、一条天皇に入内《じゅだい》（天皇や皇太子と結婚すること）した。

彰子、里帰り出産！　土御門殿に響く「不断の御読経」

紫式部が中宮彰子に出仕して二〜三年が経った一〇〇八年の秋。藤原道長の土御門《つちみかど》殿《どの》の描写から『紫式部日記』は始まります。

秋のけはひ入《い》り立つままに、土御門殿の有様《ありさま》、いはむかたなくをかし。

訳 秋の気配が立ち昇るにつれて、土御門殿の様子は、言いようもなく趣《おもむき》がある。

この土御門殿というのは、約六千坪《つぼ》（でかっ！）にも及ぶ道長の広大な寝殿造《しんでんづくり》の邸宅のことで、そこに娘の中宮彰子が出産のため里帰りをしていました。

この懐妊こそ、道長にとって待ちに待った出来事でした。中宮定子がいたにもかかわらず、強引に十二歳の彰子を一条天皇に入内させてからはや九年。

定子は一条天皇との間に一男二女をもうけましたが、四年で三人の子を産むのはさすがにきつかったのでしょう、一〇〇〇年に二十四歳の若さで亡くなってしまいました。

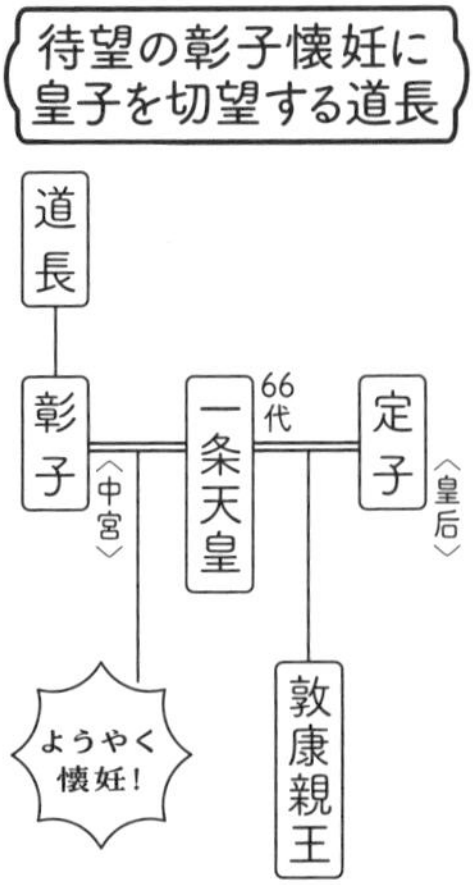
待望の彰子懐妊に
皇子を切望する道長
道長
彰子
〈中宮〉
66代
一条天皇
定子
〈皇后〉
ようやく懐妊！
敦康親王

ライバルが去ったあと、やっと、やっと一条天皇の子を彰子が懐妊したのです。

道長の喜びようは半端ではありません。彰子の安産祈願のために十二人の僧に命じてシフトを組み、一人二時間ずつの**二十四時間態勢で「不断の御《み》読経《どきょう》」**をさせます。

身重の彰子にとってお経の声は、もはやBGMでした。

教えて、和泉式部!!

「寝殿造」とは？

道長の邸宅は二町（約六千坪）もの広さ!!

トップクラスの貴族である公卿《くぎょう》（58ページ参照）の邸宅の敷地は平均一町《ちょう》だったので、道長邸はその倍の広さ、さすがのひと言です。一町とは、約百メートル四方の面積で、約一万平方メートル、約三千坪です。

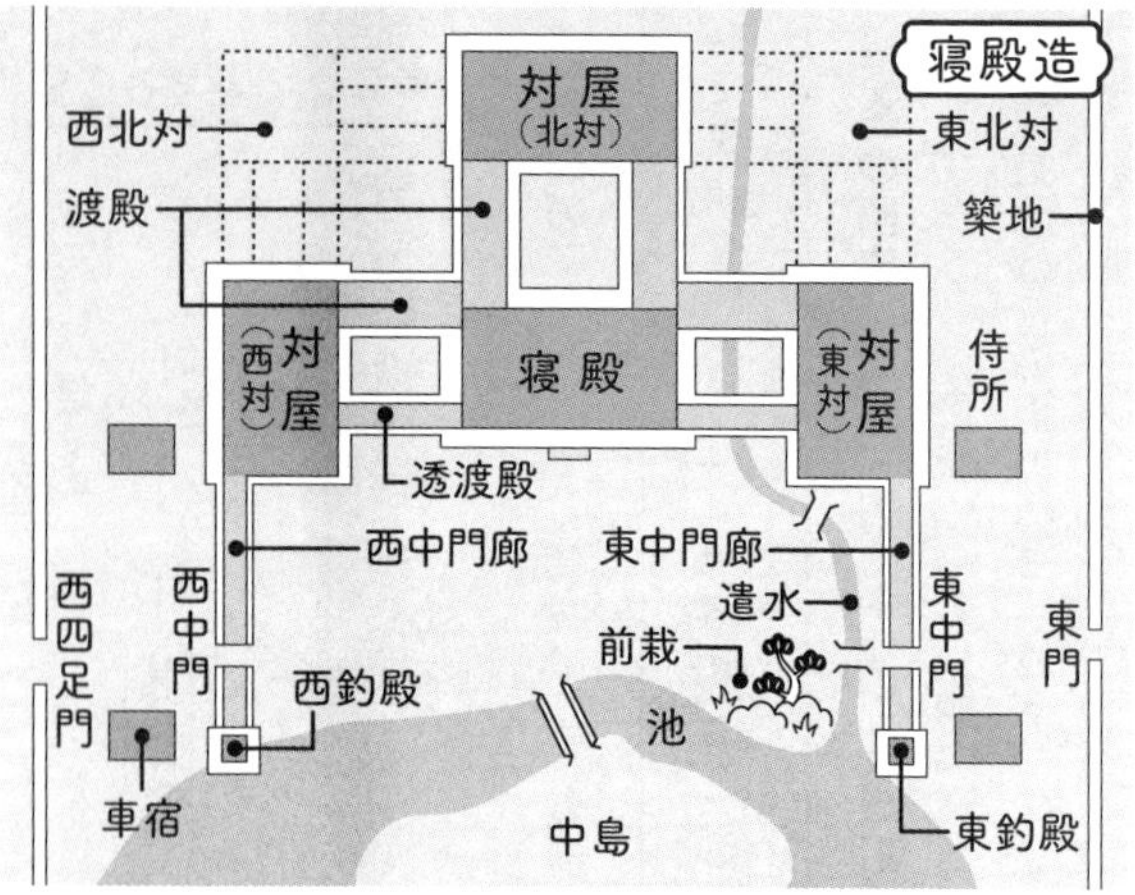
寝殿造
対屋
（北対）
西北対
東北対
渡殿
築地
対屋
（西対）
寝殿
対屋
（東対）
侍所
透渡殿
西中門廊
東中門廊
西四足門
西中門
遣水
前栽
東中門
東門
西釣殿
池
車宿
中島
東釣殿

ちなみに『源氏物語』の主人公光源氏《ひかるげんじ》の六条院《ろくじょういん》は、なんと四町を占める広大なものでした。甲子園球場一個分に匹敵する広さです。

四辺を築地《ついじ》※が囲む中、邸宅は寝殿造《しんでんづくり》の様式で、中央に寝殿、北と東西に対屋《たいのや》（家族の住居）があって、渡殿《わたどの》と透渡殿《すきわたどの》という吹き放しの渡り廊下で連絡されています。

殿内の床はすべて板敷きで柱は円柱でした。柱と柱の間に「長押《なげし》」と呼ばれる横木があり、ここから「壁代《かべしろ》」と呼ばれる幕をたらして仕切りをします。

小部屋を作る時は、この壁代をはじめ、御簾《みす》や屏風《びょうぶ》、几帳《きちょう》※などで仕切れば、あっという間に出来上がり!! う〜ん、ちょっとプライバシーが気になるところです。話し声はもちろん、衣擦《きぬず》れの音さえ聞こえてきそうです。でも、壁代、御簾、屏風、几帳、障子《しょうじ》※などは色彩豊かでとても華麗なものが多く、優雅さを漂わせていました。

寝殿は主人の正式な居所でしたが、儀式などに使われる場合が多く、日常の家庭生活の場は対屋でした。また、大邸宅では北と東西以外に東北・西北側にも対屋や渡殿がありました。

北対《きたのたい》に続く渡殿は幅が広く、そこに女房たちの私室である局《つぼね》が設けられました。局は、板敷の間に簡単な仕切りをしただけのものです。

局のそばを人々が四六時中行き来するので、私室といってもとても落ち着けるものではありません。しかも、夜になると男たちが忍んでくることもあるので、気を許せない環境でした。おちおち寝ていられません（笑）。

東西の廊には中門《ちゅうもん》・侍所《さむらいどころ》・車宿《くるまやどり》などを設け、廊の南端には池に臨んで釣殿《つりどの》がありました。遣水《やりみず》は東の渡殿の下から前栽《せんざい》（庭の植え込み）の中を流れて南の池に注いでいます。南庭では様々な儀式や舞楽が行われました。池には中島《なかのしま》があって庭から橋が架けられていました。**『紫式部日記』には、池に船を浮かべて管絃《かんげん》（雅楽《ががく》の演奏）の**

遊びに興じる様子が描かれています。優雅ですね～、ステキ!!

※「築地」……練り土を固めた上に屋根をかけた塀。
※「几帳」……二本のT字型の柱に薄絹を下げた間仕切りの一種。寝殿造の建物内の仕切りとして立てた、移動式の布製のついたて。「几帳面」の由来となった調度。
※「障子」……今の「ふすま」のこと。今の「障子」は「あかり障子」という。

「男の子が生まれたら、権力をほしいままにできる…」

彰子が無事に出産することを祈る道長にとっては、二十四時間態勢の「不断の御読経」だけでは足りません。静寂を破り、明け方四時を知らせる鉦《かね》が鳴ると**「五壇《ごだん》の御修法《みずほう》」**が始まります。これは、五大明王《ごだいみようおう》※を中央と四方の壇に配置して行う祈禱《きとう》で、彰子のいる隣の棟で行われました。

こちらの声はBGMというわけにはいきません。彰子の安産を妨げる物《もの》の怪《け》を退散させるため、何十人もの僧が競い合うようにして密教の「陀羅尼《だらに》※」という呪文《じゆもん》のような文句を力強く唱えるものですから、もはや騒音です（失礼）。
そして仕上げとして、二十人ほどの僧がドドドドと渡り廊下を踏み鳴らして彰子の部屋にやって来て、これまた声を張り上げて経文《きょうもん》や陀羅尼を唱えます。

「悪霊退散、安産祈願。なんとかおのこを授けたまえ〜!!」

……これは陀羅尼ではなく、道長の心の声です。そう、道長としては、安産はもちろんのこと「男の子」を産んでほしかったのです。そうすれば、いずれ**天皇の外戚《がいせき》として権力をほしいままにできる**、という読みなのです。

※「五大明王」……不動《ふどう》明王・降三世《ごうざんぜ》明王・軍荼利《ぐんだり》明王・大威徳《だいいとく》明王・金剛夜叉《こんごうやしゃ》明王（または烏枢沙《うすさ》摩《ま》明王）。それぞれ武器を持ち、怒りの形相をしている明王。

※「陀羅尼」……密教で長文の梵語《ぼんご》（サンスクリット語）を訳さないで、原語のまま音写されたものをいう。「南無喝囉怛那 哆羅夜耶（ナムカラタンノー トラヤーヤー）」など。

教えて、和泉式部!!

天皇の外戚になると、どうして力を持てるの？

平安時代、女性は結婚して妻となっても、夫ではなく父親の庇護《ひご》を受けました。また、子供ができると母方の祖父が養育する習慣になっていました。平安時代は家や財産は娘が相続するという女系相続（母方の血筋が強い）が残っていたのです。

そのため、娘を入内させて天皇の義父となり、さらに生まれた子供が天皇になったあかつきには、その祖父（外祖父）として超～強い影響力を発揮することができる!!

このように、**母方の外戚として天皇と血縁関係を築くことで大きな権力を握ることを「外戚政策」と呼びます。**

天皇といえども母と外祖父には逆らえないのよ～。

「女郎花で一首」――道長からの課題に紫式部は…？

道長に文才を認められた紫式部は、中宮彰子の出産という一大事を記録にとどめる係を任されたのではないかと考えられています。

事実、**彰子の出産の年の記録は詳細で、日記の半分以上を占めています。**新米女房の紫式部が彰子出産の際にそばに控えることを許されたのは、そうした役目があったからでしょう。

実は紫式部は引っ込み思案で、人と会うのも話すのも苦手でした。ましてや、きらびやかな女房たちが集う中宮彰子サロンの女房の一員になど、なりたくはなかったのです。

しかし、時の最高権力者である道長サマ直々のご指名。しかも娘一人を抱えて母子家庭になってしまった紫式部に、『源氏物語』を書く時間と金銭的余裕を与えるパトロンになってくれるというのですから、こんなオイシイ話、乗らない手はありません。

一方の道長も、皆が噂する『源氏物語』を書いた才女、紫式部に関心があります。

「紫式部とやらがどれほどの才女か、この目で確かめてみるか」

道長は、さっそく紫式部を試しに現れます。

ある朝、道長は自慢の広～い庭を歩いて隅々までチェックしたあと、花が真っ盛りの時季を迎えた女郎花《おみなえし》を一本手折《たお》って、それを紫式部の部屋の几帳越しに上から差しかざしながら、

「この花の歌、果たして素早く詠めるかな？」

と問いかけます。「女郎花」は秋の七草の一つで、茎《くき》先に黄色の小さな花がたくさん咲きます。和歌では女性をたとえて詠まれることが多く、恋の戯《たわむ》れの相手を意味することもありました。

それを見せて、「さあ、どう詠む紫式部？」と迫った道長です。

「無難なレスポンス」でまずは合格点！

その時、紫式部は寝起き顔。化粧してないし!!　これはマズいとばかり、顔を見られないように気をつけながら硯《すずり》のそばへにじり寄って、

をみなへし さかりの色を 見るからに　露のわきける 身こそ知らるれ

訳 露がついて美しく染まった女郎花の盛りの色を見ますと、露が分けへだてをして美しく染《そ》めてくれない私のみにくさが、身に染《し》みて感じられます。

と詠んで渡すと、道長は「おお、早いこと」と、にっこり笑うや否や、素早く次の歌を返しました。

白露は　わきてもおかじ をみなへし　こころからにや 色の染《そ》むらむ

訳 白露は分けへだてをして染めているわけではあるまい。女郎花は自ら美しくなろ

うとする心があるからこそ美しい色に染まっているのだろう。

紫式部が詠んだ歌は、「ツヤツヤの女郎花に比べて、私なんてもう盛りが過ぎていて美しくありません」と謙遜したもの。まあ、無難な歌です。

「さすが噂の才女なだけあるな、今後が楽しみだわい」と、道長は紫式部の対応の早さと歌の内容に感心しました。

そして、「いやいや美しくなろうと思えば、今からでもなれるものだよ。自分の心がけ次第だよ」と返歌をしました。こちらもさすがの素早さと内容です。

まずは合格点をもらえて、紫式部もホッとしたことでしょう。

超美人の同僚・宰相の君の寝顔に「ズキューン♡」

道長との歌の掛け合いのシーンの次は、同僚の女房**「宰相《さいしょう》の君《きみ》」**の様子を描きます。

中宮彰子が薫物《たきもの》の調合を終えて、それを女房たちに配っていました。紫式部もそのおすそ分けにあずかり、彰子の御前から下がって部屋へ戻る途中のこと。

宰相の君の部屋の戸口をちょっと覗《のぞ》いてみると（簡単に覗けます）、ちょうどお昼寝をしているところでした。

その様子の美しく艶《なま》めかしいことといったら!!

まるで絵物語の中のお姫様のように思われたので、その口もとを覆《おお》っている袖を引きのけて、

宰相の君と彰子は従姉妹の関係

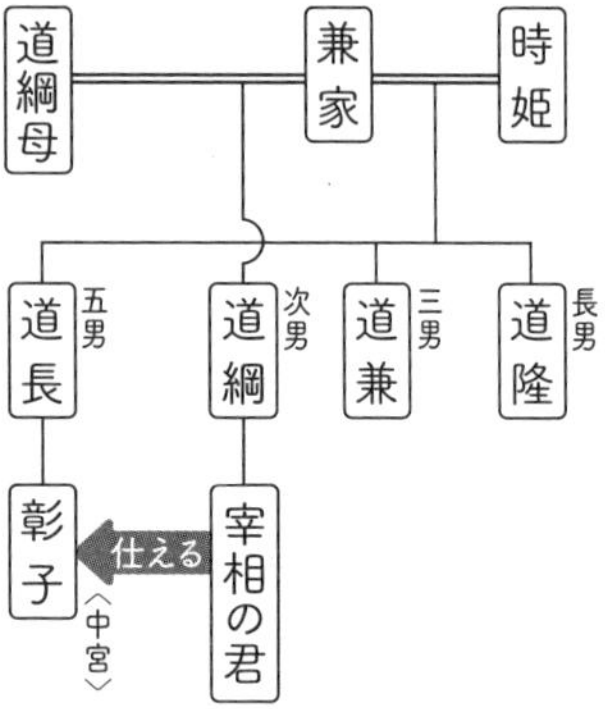

「物語の中の姫君のように美しい寝姿ですわね」

と紫式部が言うと、宰相の君は目を覚まして、

「ひどいわ。寝ている人を起こすなんて!!」

と言って起き上がった、その顔の美しいこと。ズキューン!!

ここで紫式部が褒《ほ》めている宰相の君とは、道長の異母兄道綱《みちつな》の娘です。つまり宰相の君は『蜻蛉日記《かげろうにっき》』を書いた藤原道綱母《みちつなのはは》の孫娘。**道綱母はウルトラ美人で有名だったので、宰相の君もその血を引いてスーパー美人**でした。まあ、うらやましいこと。

宰相の君と彰子とは従姉妹《いとこ》同士。でも、道長を父に持つ彰子は中宮となり、道綱を父に持つ宰相の君はその女房にすぎない……ずいぶん身分に差がついています。

父親の権力差がそのまま娘の地位に反映されるのは、この時代では仕方のないことでした。

ちなみに宰相の君は、彰子が産む子供の乳母《めのと》になる予定です。

教えて、和泉式部!!

「薫物」は教養とセンスの現れ!?

それまでは宗教儀式に用いられていた「香」でしたが、平安時代になると貴族が生活を楽しむための**「薫物《たきもの》」**という趣味に発展しました。

香を燻《くゆ》らせて部屋に漂わせる「空薫物《そらだきもの》」、香りを着物に焚《た》き染《し》める「薫衣香《くのえこう》」の風習が生まれ、特に着物に焚き染められた香りは、男女が互いに相手の存在を知る手掛かりになりました。「この香り……あの人だわ」という感じです。なにせ当時は男女が直接顔を合わせられませんでしたから。

やがてそれはいい香りを競う**「薫物合《たきものあわせ》」**と呼ばれるイベントを生みました。各人が秘術を尽くして調合した練香《ねりこう》を持ち寄って焚き、判者が優劣を判定するのです。

「薫物」は、何種類かの香木を粉末にし、好みに応じて麝香《じゃこう》（雄のジャコウジカの分泌物を乾燥させたもの）などを加え、蜂蜜などで練って丸く固めたものです。

オリジナルの薫物を創作することは、貴族や女房たちにとって教養やセンスのよさ、

時に財力すらも表現したので、それぞれに工夫して作り、家の秘伝として代々伝えられました。

『源氏物語』の中で、「薫物合」に臨む光源氏が、秘伝の調合法を使って一心不乱に薫物を作っている様子が描かれています。

その薫物合の勝負の結果はどうだったかって？

それは……どの方の薫物の匂いも素晴らしくて判定不能、というものでした（笑）。

女性のかわいらしさ、優美さの描写はピカイチ！

紫式部が日記に写し取った宰相の君の美しい様子は、まさに『源氏物語』の中の紫《むらさき》の上《うえ》を思わせるものがあります。

萩《はぎ》や紫苑《しおん》などとりどりの色目の袿《うちき》に、濃い紅《くれない》のとりわけ艶《つや》のある打衣《うちぎぬ》を上に覆い、顔は襟《えり》の中へ引き入れて、硯の箱を枕にして横になっておられる、その額《ひたい》の様子がとてもかわいらしく優美です。

「袿」や「打衣」については、155ページのイラストを参照してくださいね。ところで、紫式部は同性愛者ではないかという説があります。その真偽のほどはおいておくとして、紫式部が女友達をとても大切に思っていたエピソードはいくつもあります。

紫式部は若くして最愛の姉を亡くしていますが、同様に妹を失った人と出会い、互いに「姉君」「中《なか》の君」（姉妹の中の二番目）と呼び合って仲良く文通していました。姉妹を亡くした者同士、相手を亡姉《ぼうし》亡妹《ぼうまい》に見たてて孤独感を癒やしていたのです。

ところが、二人は遠く離れ離れになってしまいます。紫式部は越前《えちぜん》（現・福井県北部）へ、姉妹の契《ちぎ》りを結んだ友人は筑紫《つくし》（現・福岡県の東側を除いた地域）へ行くことになり、別れを惜しんだ紫式部は歌を贈りました。

北へ行く雁《かり》のつばさにことづてよ　雲のうはがき　かき絶えずして

訳 北へ飛んでいく雁の翼に言づけてください。遠い南の国からも今まで通り「中の君へ」という手紙の上書きを書き絶やさないでください。

これに対して、友人も「いつまた会えるでしょうか、淋しい限りです」という歌を返しています。まさに男女間のラブレターのようです。

『百人一首』に採られている紫式部の歌も同性愛を思わせる一首です。

めぐり逢ひて 見しやそれとも わかぬまに 雲がくれにし 夜半《よわ》の月かな

訳 めぐり逢ったのかどうか、それすらもわからないうちに雲間に隠れてしまった夜中の月のように、あなたはあっというまに帰ってしまって残念なことです。

これも普通に読むと男女間の恋の歌ですが、実は幼馴染《おさななじみ》（女性）との短い再会について詠んだものです。

女性のかわいらしさや優美さの描写をさせればピカイチだった紫式部。きっと日頃から女性の美への鋭いまなざしを持っていたのでしょう。

そう考えると、わたくし（和泉式部）は、紫式部からどんなふうに見られていたのかしら!?（ちょっと不安）

✿道長の正妻・源倫子からの「意味深」なプレゼント

九月九日は五節句《ごせっく》の一つである「**重陽《ちょうよう》の節句**」※です。「**菊の節句**」とも呼ばれるように、菊が美しく咲く時期なので、宮中では菊を眺める宴「観菊の宴」が開催されます。

また、菊は「仙境に咲く霊薬」として、邪気を払い長寿の効能があると信じられていたので、菊の香りを移した菊酒を飲んで無病息災や長寿を願います。「菊酒」だけに長寿に「キク～」というわけです（なんちゃって）。

その日、道長の正妻で彰子の母の源　倫子《みなもとのりんし》から紫式部に「**菊の着《き》せ綿《わた》（被綿《きせわた》）**」が贈られてきました。

観菊の宴の前日に菊の花に真綿を被《かぶ》せておき、宴の日の朝に夜露に濡れたその真綿で顔や体を拭《ふ》いて、老いを除き、無病息災を祈るという風習があり、その綿のことを「菊の着せ綿」といいました。

同僚の女房から、「これ、倫子様から特別にあなたにですって。『菊の香りを含んだこの綿で老いを拭き取りなさい』とのことですよ」と、「菊の着せ綿」を渡された紫式部はびっくりです。

なにせ彰子の母倫子からの突然のプレゼント。紫式部が道長・倫子夫妻から一目置かれていたのがよくわかりますよね。

これに対して紫式部はお礼の歌を詠みました。

菊の露 わかゆばかりに 袖《そで》ふれて 花のあるじに 千代《ちよ》はゆづらむ

訳 この菊の露には、私は少し若返る程度にちょっと袖を触れさせていただいて、千年の寿命は菊の花の持ち主であるあなた様にお譲りいたしましょう。

紫式部はこの歌とともに綿を返そうと思ったのですが、倫子はすでに自室に戻ってしまっていたので、かないませんでした。

でも、ちょっと待って！ 実はこの話、深読みすることができるのです。

倫子から「特別にあなたに」と届けられた「菊の着せ綿」は、一種のエイジングケア化粧水です。実はこれ、紫式部と道長との関係を疑った倫子からの嫌味ではないのでしょうか？

それに対して紫式部は、「私は若いのでちょっと拭くだけで大丈夫です。倫子様にお返ししますので、しっかり拭いて若返ってください」と、反撃の歌を詠んだのでは？

……ちょっとうがちすぎでしょうか。いや、あながち外れてもいないような⁉

※「重陽の節句」……中国で奇数は縁起の良い「陽の日」とされ、奇数の重なる日が祝いの日とされた。特に陽数の極である「九」が重なる九月九日は「重陽の節句」といわれ、無病息災や不老長寿を願って祝宴を開いた。日本では九月は菊が咲く季節であることから「菊の節句」とも呼ばれた。

「物の怪の祟り」で超難産！道長の政敵の怨念か？

さて、**日記の主題である彰子の出産**に戻りましょう。

九月九日夜半に出産の兆候である陣痛が起きてから、すでに二十時間を超えました。**難産です。**

彰子は、寝殿の母屋に用意された白木の御帳台《みちょうだい》※で出産する予定でしたが、なかなか産まれず、十日を過ぎ、さらに十一日に入るとその場所の星回りが悪くなったということで、急遽《きゅうきょ》、建物の北側に移動します。

そこはちゃんとした部屋ではなく、目隠しに几帳を幾重にも立て巡らせた、急ごしらえの産所《さんじょ》でした。

当時、難産は物の怪による祟《たた》りだと考えられていました。もしや道長が追い落とした数々の政敵たちの怨念《おんねん》のせいかも……。道長は気が気ではありません。

女房たちは茫然自失&気絶寸前！

修験者《しゅげんじゃ》という修験者を呼び寄せて護摩《ごま》を焚いて大声で祈禱させ、それでも足りず、

陰陽師《おんみょうじ》たちも集めに集め、彰子に取り憑《つ》いている物の怪どもを調伏《ちょうぶく》すべく祭文《さいもん》を読み上げさせています。

さらに、仏の加護を受けるため、彰子も形だけですが出家の作法をしました。頭頂部の髪を少し削《そ》ぎ、戒律《かいりつ》の誓いを読み上げたりしたのです。

その様子を見た紫式部はもう茫然自失《ぼうぜんじしつ》**、気絶寸前で頭が真っ白**になってしまいます。気がつくと、四十人もの女房たちが狭い場所にひしめき合って身じろぎもできず、あまりの密集度にのぼせ上がっていました。

「不吉ですから、泣くものじゃありませんよ」と言いながらも、皆溢《あふ》れる涙を押しとどめることができず、ただ泣いてばかりでした。

その時です。

「おのれぇ～!!」

という恐ろしい声が聞こえました。**物の怪が調伏されまいと苦しみ、わめきたてているのです。**ウソでしょ!?　こ、怖い!!　それに対抗して僧たちが一晩中声を嗄《か》らして全力で祈禱します。

もうあっちもこっちもカオスです。果たして彰子サマは無事にご出産することができるのでしょうか!?　がんばって彰子サマ!!

※「御帳台」……二畳分の台に天井を設け、四方に帳《とばり》を垂らした箱形の座敷。ここでは、邪気を払うため清浄な白いもの（白木）の御帳台を特別に用意した。

教えて、和泉式部!!

陰陽道に支配されていた平安貴族

陰陽師《おんみょうじ》は簡単にいうと「占い師」ですが、そこらの街角にいる占い師レベルではなく、古代中国の陰陽《いんよう》思想と、五行《ごぎょう》思想が合わさって誕生した**陰陽五行《いんようごぎょう》思想に基づいた陰陽道《おんみょうどう》を使って神意を占う、プロフェッショナル**な人たちでした。

「陰と陽の二気が互いに消長《しょうちょう》し調和することによって自然界の秩序が保たれている」とする陰陽説と、「万物は五行（木《もく》・火《か》・土《ど》・金《ごん》・水《すい》）の五つの元素から成り立つ」とする五行説とが融合してできたのが「陰陽五行説」です（む、難しいわね）。

陰陽道はこの陰陽五行説に基づいて、月日や干支《かんし》の巡りを考え、政治や日常生活など人間のあらゆる営みの推移を察し、卜占《ぼくせん》で吉凶判断をしたり、祈禱で災いを払ったりしました。とにかくすごいんです!!

陰陽五行思想は仏教とともに中国から伝わり、日本古来の律令制《りつりょう》のもとでは中務省《なかつかさしょう》の陰陽寮《おんみょうりょう》（占いや天文観測、時・暦《こよみ》などの編纂《へんさん》を担当）が設置され、**陰陽師はれっきとした官職**となりました。

奈良や平安時代には、疫病や災害は、貴族同士の争いで敗れ去った者の魂が怨霊《おんりょう》となったことで引き起こされると考えられました。それを祓《はら》うため陰陽師に占わせ、祈禱させたりしたのです。

また、**貴族たちはその日の吉凶を知るために、陰陽師の作成した暦を毎朝必ず確認**し、月のうち何日もある凶日に対応しなければなりませんでした。

たとえば、陰陽道で日や方角が悪いとされる**「物忌《ものい》み」**と呼ばれる凶の時には、一定期間日常的な飲食や行動などを控え、不浄を避けなければなりませんでした。物忌み中は大事な仕事や行事に行かないのはもちろん、家の門を閉ざして訪客《ほうかく》にも会わない、家にあっても話すのは小声、さらには冠や髪に「物忌み」の札を付けて生活していました。

また、外出する時に天一神《てんいちじん》※のいる方角に行く場合は、前夜、吉方に泊まって方角を変えてから行くという**「方違《かたたが》え」**が平安時代に流行しました。

暦に「トイレに行ってはいけない日」と書かれていたのを忠実に守って苦しんだ女房がいた、という笑い話すら伝わっています（これは陰陽師のイタズラです……）。

平安貴族たちは毎日暦とにらめっこ。けっこう大変だったんです。

※「天一神」……天一神は十六日を天上で過ごし、四十四日は天上から降りて下界で「東西南北」四方を巡るとされた。天一神がいる方角を塞《ふたがり》といって（「八方塞《ふさ》がり」の由来）、その方角に向かって事を起こしたり、その方角にまっすぐに進んだりすると祟りがあると信じられたので、それを避けた。

コラム

陰陽師・安倍晴明

平安時代に、**安倍晴明**《あべのせいめい》という有名な陰陽師がいました。漫画や映画などでも取り上げられているので知っている人は多いでしょう。

「晴明」は「せいめい」と読むことが多いのですが、他にも「はるあき・はるあきら・はれあきら」と読む可能性があって、確定していません。さらに、晴明の先祖も生年も不詳。

謎多き陰陽師、安倍晴明……なんだかカッコいいですね。

晴明は、九六〇年、四十歳くらいの時に村上《むらかみ》天皇に占いを命ぜられたという記録によって歴史に現れ、以後、官職に就いて「陰陽師」として活躍して陰陽博士《はかせ》などを歴任しました。大器晩成ですね。

晴明はその不思議な力で一条天皇の病を回復させたり、ひどい干ばつが続いた時に雨乞いの儀式を行って雨を降らせたりして（そりゃ、スゴイ）、道長や一条天皇に感謝され、陰陽師としての名を高めていきます。

それに伴って晴明は多くの官職を歴任し、位階は従四位下《じゅしいのげ》にまで昇ります。殿《てん》上人《じょうびと》の仲間入りを果たした安倍氏は、晴明の活躍で陰陽道の家としての地位を確立しました。

中宮彰子の出産の時も、難産と見るや、道長は陰陽師たちを集めて、彰子に取り憑いている物の怪を調伏すべく祭文を読み上げさせています。

こうした呪術《じゅじゅつ》を「古いな～近代科学以前のバカバカしい迷信にすぎない」と笑うことなかれ。現代でも占いは世界の政治・経済を動かす重要なカギを握っているのです。

ヒトラーが占星術を使っていたことは有名な話ですし、歴代のアメリカ大統領の中にも、占星術師を相談役に迎えて様々なことを占わせていた人がいます。

今でも多くの人が「今日の○○座の運勢」などを信じていたりしますよね。

「信じる者は救われる」のです!!

祝・若宮誕生！「この若宮はいずれ帝になるお方よ!!」

36時間を超える難産の末、男児(敦成親王)誕生!!
彰子よ、よくやった!!
この若宮はいずれ帝になるお方よ!!
ほーれほれほれほれ
ぶるるっ…
ん？
若宮のおしっこに濡れるのは光栄じゃ!!

陣痛が始まってから三十六時間が経過し、やっとのことで男の子（敦成《あつひら》親王）が誕生しました!!　時刻は九月十一日のお昼頃。

空が晴れて朝日がパーッと射したような気がしました。

紫式部たちの心が晴れたのです。ヤッターーー!!

女房たちは彰子の身を心配するあまり泣き崩れ、化粧もはげてしまっています。普通なら男性貴族の方々にこんなひどい顔を見せることなど絶対にないのですが、この時ばかりは、あの美しい宰相の君ですら別人のような顔でした。

「きっと私もひどい顔ね」――紫式部はそう思いましたが、まあお互い様です。

でも、まだ油断は禁物!!

胎盤など母胎に残っているものが外に出る「後産《あとざん》」を無事に乗り切らないといけません。実は中宮定子は後産がうまくいかず亡くなっています。お可哀そうに……。

結局、彰子は無事に後産も終えました。めでたしめでたし!!

でも、難産を乗り越えた彰子はヘトヘトです。しばらくは、ゆっくり体を休めたいところですが、このあとお祝いの儀式が続きます。同じ女性として、同情いたします……。

「若宮のお小水」に濡れてもご満悦の道長

待望の男児が生まれたことで道長は大喜びです。参集させていた僧侶や陰陽師たちに多額の褒美を与え、一方で若宮《わかみや》誕生のお祝いの儀式を次々に行います。

新生児に産湯《うぶゆ》をつかわせる御湯殿《おゆどの》の儀式、誕生三日目の御産養《おんうぶやしない》、五日目の御産養、七日目の御産養……と「奇数＝陽」の日にお祝いの儀式を行います。

通常七日目で終わるところですが、九日目の御産養も行いました。道長の気が済むまで、これでもか、これでもか、と豪勢な儀式が続きます（笑）。

こうしたお祝いの華やかな様子を、紫式部は微に入り細をうがつ描写をしています。身分の低い者や公卿のお付きの者たちも一緒になってニコニコと若宮の誕生を喜んでいる様子。そして彰子付きの女房たちが、清浄を保つために白い衣装を着るという制約の中で、精いっぱい工夫してお洒落している様子など……。

一条天皇の皇子は、今までは中宮定子の産んだ敦康《あつやす》親王一人でした。しかし彰子が敦成親王を産んだことで、道長は敦康親王に対抗できる手段を手に入れたのです。敦成親王が将来天皇になれば、外祖父として摂政《せっしょう》・関白《かんぱく》の地位を手に入れられます。

「彰子よ、よくやった!!」

道長は夜中でも乳母のところへやって来ては若宮を抱きあやし、**「この若宮はいずれ帝《みかど》になるお方よ!!」と、年甲斐もなく（といってもまだ四十三歳）大はしゃぎ**です。

若宮がおしっこを漏らしても、道長殿は怒るどころか、

「ああ、若宮のお小水に濡れるのは、嬉しいことであるよ」

と喜んで、濡れた直衣《のうし》※の紐を解いて几帳の後ろで火にあぶって乾かしています。なんとも微笑ましい光景です。**すっかり舞い上がってご満悦な好々爺《こうこうや》道長の様子を、紫式部は克明に日記に記録しています。**

※「直衣」……平安時代以降の天皇・皇太子・親王および身分の高い貴族の平常服。

「公卿」って何？

「公卿《くぎょう》」は別名**「上達部《かんだちめ》」**ともいいます。今の内閣閣僚に相当し、**国政を担うトップクラス貴族の総称**です。摂政・関白、太政大臣《だいじょうだいじん》・左右大臣・内大臣、大納言・中納言、参議、および三位《さんみ》以上の朝官を指します。時代にもよりますが、二十～三十人程度です。

公卿の下が**「殿上人《てんじょうびと》」**（「雲上人《うんじょうびと》」とも）、その下が**「地下《じげ》」**と呼ばれる階級で、「殿上人」とは四位、五位の者、および六位の蔵人《くろうど》※で、清涼殿《せいりょうでん》（内裏《だいり》のうち天皇の日常生活の場）の殿上間《てんじょうのま》に昇殿を許された者でした。「地下」とはそれ以下で、昇殿できない者でした。

「公卿」は平安貴族の中でも超トップクラスだった

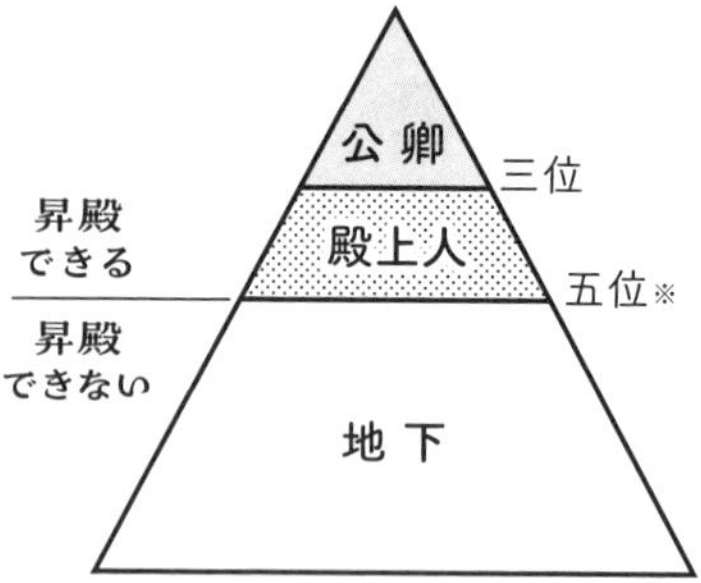

※六位でも蔵人は殿上人

※「蔵人」……天皇に近侍《きんじ》し、詔勅《しょうちょく》の伝宣や宮中行事を取りしきる役人。

「一条天皇の後継者は誰に？」貴族たちの思惑

道長の嬉しそうな様子を記録する紫式部は、同時に周りの貴族たちの様子も冷静に書き留めています。なにせ彰子が一条天皇の男子を産んだことは、道長が出世への大きな足掛かりを得たことになります。一条天皇の後継者となる東宮《とうぐう》（皇太子）を誰にするかを決めるのはまだ先ですが、東宮候補として道長の孫（敦成親王）が加わったのですから、当時の力関係からすれば、結果は火を見るよりも明らかです。

のちに道長を支える「四納言《しなごん》」の一人となる**藤原斉信《ただのぶ》**（247ページ参照）の様子を、ことさら得意満面に微笑《ほほえ》んではいないけれど、人一倍嬉しそうな心の内が自然と表情ににじみ出ているのも無理はありません。

と、紫式部は書いています。なかなか的確な描写です。一方、道長の兄で「七日関《なぬかかん》白《ぱく》」で終わってしまった道兼《みちかね》（174ページ参照）の息子兼隆《かねたか》と、道長との政争で敗れ去った隆家《たかいえ》（187ページ参照）の様子を「二人仲良くふざけ合っている」と書いています。
　この二人、本来はアンチ道長だったり、敦康親王側だったりするはずですが、果たして敦成親王の誕生をどう感じていたでしょうか。この様子からは、兼隆も隆家も「政争に巻き込まれるのは、もうたくさん」という本音が窺《うかが》われるようですが……。

敦成親王誕生——アンチ道長の兼隆と隆家の心中は…？

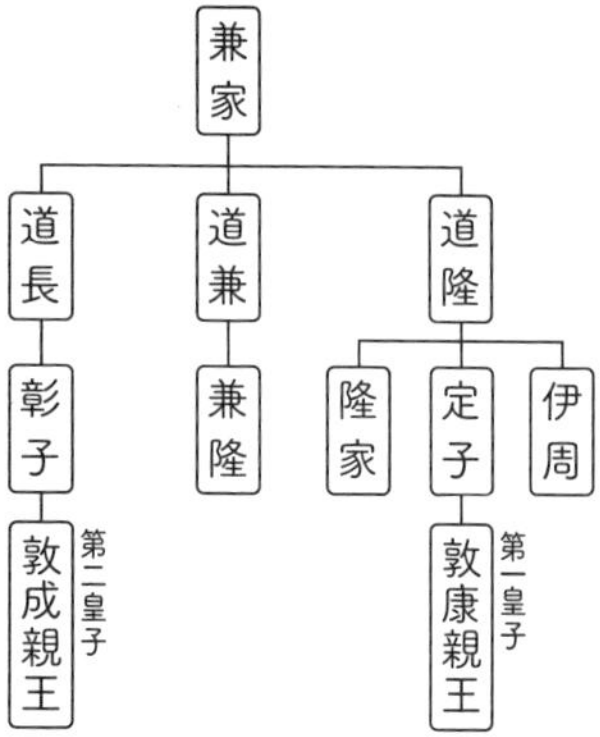
兼家
道長
道兼
道隆
彰子
兼隆
隆家
定子
伊周
敦成親王
第二皇子
敦康親王
第一皇子

紫式部の冷徹な目は、貴族たちの本音を見逃しません。

なぜ天皇は彰子の出産に立ち会えなかった？

ところで、ここまで中宮彰子の夫である一条天皇の姿がまったく見えませんね。それは**「天皇は穢《けが》れに遭《あ》ってはならない」というしきたり**があったからです。

天皇の居住する内裏は清浄であることが求められていたので、出産に伴う出血は不浄とされ忌《い》み嫌われました。

また、最悪の場合には死産の可能性もあるので、皇妃たちは内裏ではなく実家に戻って出産しました。当然のことながら、穢れを避けるため、天皇が出産に立ち会うこともなかったわけです。

ちなみに、『源氏物語』の**光源氏は天皇ではなかったので、正妻の葵《あおい》の上《うえ》の出産に立ち会っています。**この時も難産だったので、さんざん加持《かじ》祈禱を行い、やっと息子（夕霧《ゆうぎり》）が産まれてホッとした二人でした。

出産に立ち会えなかった一条天皇は、どんなにかヤキモキしながら「彰子サマ無事ご出産」の知らせを待っていたことでしょう。

✿帝がお出ましに！　華やかな雰囲気に馴染めない紫式部

一条天皇が中宮彰子と若宮に会いにいらっしゃる日を間近に控えた十月中旬。土御門殿は一段と美しく磨きたてられますが、紫式部はそのような華やかな雰囲気にどうしても馴染むことができません。

庭に移植された綺麗な菊の花を見ても、本来なら若返るような気持ちになるはずなのに、ぜ〜んぜんそう思えないどころか、逆に気が重くなってため息をつくばかり。

初出仕の時など、紫式部を警戒する先輩女房たちから冷たくされて耐え切れず、数日で実家に逃げ帰り、そのまま半年近く引きこもっていたこともありました。

「ええぃ、何もかも忘れてしまおう、いくら思ってみたところで、かいのないことだわ」と思いながらぼんやり外を眺めていると、池の水鳥がなんの物思いもしていないかのように遊び合っているのが見えました。

水鳥を　水の上とや　よそに見む　われも浮きたる　世をすぐしつつ

訳　水鳥のことを、水の上で遊んでいるだけの他人事として見ることができましょうか、いやできません。私も水鳥と同じで浮いたように不安定な世の中を過ごすばかりなのですから。

水鳥は楽しそうに水上で遊んでいるように見えるけれど、その身になってみれば、泳ぐために水面下では足をバタバタともがいて、見えないところで苦しんでいるに違いない。「まるで私のように……」と、紫式部は自分の身と引き比べて想像します。

紫式部は他の女房に比べてずいぶんとラクな女房稼業をしているはずなのですが、元来ネクラなのか、それとも彰子サロンの雰囲気に馴染めないのか、心の底に張り付いたような憂愁《ゆうしゅう》から逃れられません。ウツウツな紫式部です。

教えて、和泉式部!!

「女房」の仕事とは？

「女房」とは、一人住みの「房」（部屋）を与えられて宮中や貴族の屋敷に仕えた女性のことです。

仕事としては、主人の身辺雑務をこなすことが主で、中宮彰子の場合であれば、洗面や髪の手入れ、話し相手に始まり、訪問客や手紙の取り次ぎなどなど、様々な雑用を含むものでした。

しかし、紫式部は特別待遇で、大半の雑務を免除されていたようです。うらやましいですわ〜。

道長に文才を認められて女房となった紫式部の仕事は、大まかにいえば「中宮彰子の教養面での世話＋彰子出産の記録＋『源氏物語』の執筆」という、ゆる〜いものでした。このあたりが、先輩女房から冷たくされた原因でもあるのですが……。

一方、**紫式部としては、女房同士の気遣いの苦労や、男性貴族と恥ずかしがらず応対する図太い神経が要求される点で、女房という仕事を好きになれなかった**ようです。

特に『紫式部日記』の前半では、女房という仕事に本気で打ち込めないユーウツな紫式部像が描かれています。彰子サマの出産記録を書く仕事も、義務的にこなしている感じです。

次の二章では、女房として働く覚悟を決めるや否や!?　揺れ動く紫式部の心理を追っていきましょう。

2章

宮仕えはつらいよ！の巻

……「厭世観の無限ループ」からの脱出なるか？

一条天皇のお出まし——記録係の義務感でひたすら「よいしょ！」

若宮ご誕生五十日の祝いの日 公卿たちは酩酊状態
ワイ
公任どこ行くんだ
藤原公任
ガヤ
ガヤ
若紫はいらっしゃいますか～
公任サマ！？
ふらら～
ハンサムな光源氏がいないのですから、若紫がいるはずないでしょう
プンッ
藤原実資様はカッコイイですけどね
意外にミーハーな紫式部だった

中宮彰子《ちゅうぐうしょうし》が無事に男児を出産した頃の紫式部はまだ新米女房。**未熟で、働くという自覚も薄く、そして何よりやる気がありませんでした**（困ったものですわね）。

そのため、一条《いちじょう》天皇が中宮と若宮《わかみや》に会いに土御門殿《つちみかどどの》にいらっしゃるという日に、他の女房たちが明け方からお化粧をしたり、美しい衣装の準備をしたりと、精いっぱい身づくろいする姿を横目に見ながら、紫式部だけはのんびりムードです。

「朝八時に行幸《ぎょうこう》（天皇のおでまし）の予定といっても、いつものように遅れてお昼頃いらっしゃるのでしょう～」

な～んて高をくくっていたら、行幸を告げる鼓《つづみ》の音が聞こえてきて大慌て。遅刻寸前で彰子の前に参上しました。

「道長《みちなが》様がじきじきに若宮を抱いて一条天皇の御前まで連れていき、天皇が若宮を抱き取ると、若宮がむずかって泣く、その声のかわいらしいこと。一条天皇を前にした管絃《かんげん》・舞楽《ぶがく》のなんて素晴らしいこと……」などと紫式部は描写していますが、本当のところはやる気がなくユーウツ。**あるのは任された記録係の義務感のみ**なので、「よいしょ、よいしょ」と持ち上げるしかなかったのでしょう。

「もし生まれたのが女の子だったら、ここまで盛り上がらなかったでしょうね……」

ということは絶対に禁句ですが、紫式部の心の中に、ちらっとその思いがよぎった可能性はありますね。

公卿たちが大酩酊！「このあたりに若紫はいる〜？」

若宮のご誕生五十日《いか》の祝いが、十一月一日に行われました。

この日、女房たちが着飾って参集している中宮彰子の御前の様子は、まるで美しい絵のような豪華さでした。

が、問題発生です。

集まった**公卿《くぎょう》の方々がお祝いで盛り上がりすぎて酩酊《めいてい》**されたのです。場は次第に無礼講の様相を呈してきました。そこに酔っぱらった**藤原公任《ふじわらのきんとう》**（226ページ参照）が現れ、几帳《きちょう》越しに、

「失礼ですが、このあたりに若紫《わかむらさき》はおいででしょうか」

と、いきなり割り込んで問いかけてきました。紫式部は、「光源氏ほどのハンサムがここにいないのですから、若紫がいるはずないでしょう」と言いかけましたが、ここはぐっと我慢、オトナの対応。相手をするのは馬鹿馬鹿しいので聞き流しておきました。

教えて、和泉式部!!

『源氏物語』の成立はいつ？

『紫式部日記』の一〇〇八年十一月一日の記事に、「藤原公任が紫式部に向かって『若紫はおいででしょうか』と問いかけてきた」と書かれていることによって、『源氏物語』の「若紫」がこの時点ですでに書かれていることがわかります。**酔っぱらい公任サマ、ナイスですわ!!**

さらにいえば、『源氏物語』が女房たちだけでなく、公任のような男性貴族にも読まれていたことがわかります。当時大ヒットしていたのですね。

これを根拠として、千年後の二〇〇八年には「源氏物語千年紀」として記念行事が行われ、また**十一月一日**が**「古典の日」**に制定されました（二〇一二年）。

「超一流の学識人」実資と「当代一の権力者」道長

藤原実資
一流学識人
実資様、尊敬しております
最近の若い者はまったくなっちょらんな！
さっ
CHECK!
CHECK!
贅沢すぎる！
さっ
さっ
実資様、サインください
いいよん♡
実は女好き！

彰子の第一子誕生五十日の祝いが行われ、皆が酔っぱらって無礼講の様相を呈していた時、酔いもせず、女房たちの服装をチェックしている真面目な人物がいました。

それは、**アンチ道長を貫き通した気骨ある右大将《うだいしょう》の藤原実資《さねすけ》**です。

実資は、自身の日記『小右記《しょうゆうき》』に、「最近の女房は舶来《はくらい》の絹を何重にも重ねて着ておる、贅沢《ぜいたく》極まりない!!」と怒りをぶちまけています。

実資は清濁《せいだく》併せ呑む政治家というよりは、ピュアで頑固一徹な学者肌だったので、権謀術数《けんぼうじゅつすう》を弄《ろう》する道長やその父兼家《かねいえ》にはとうてい太刀《たち》打《う》ちできませんでした。しかし、さすが藤原北家嫡流《ほっけちゃくりゅう》だけあって「有職故実《ゆうそくこじつ》※」に詳しく、超一流の学識人として道長からも一目置かれる存在でした。

学者肌の父のことが大好きだった紫式部は、実資にも父に似た匂いを感じてひそかに尊敬していました。そして、この五十日の祝いの時、無礼講になったのをチャンスと見た紫式部は、憧れの実資に近づいて、ちゃっかり話をしています。

「実資様はとてもお洒落で、今どきの若者より立派なお方」……実資は紫式部より十歳以上年上で、その時すでに五十歳に達していました。

引っ込み思案の紫式部のほうから男性に近づいていくなんてビックリ!!

紫式部の性格を考えると、あり得ない行動力。実資サマのことを本気で好きだったのかも♡　紫式部は、実はオジサン趣味だったのかもしれませんね。

※「有職故実」……朝廷や公家《くげ》が行う行事や儀式・制度・官職などの先例やそれらを研究する学問。

教えて、和泉式部!!
「藤原北家」って何？

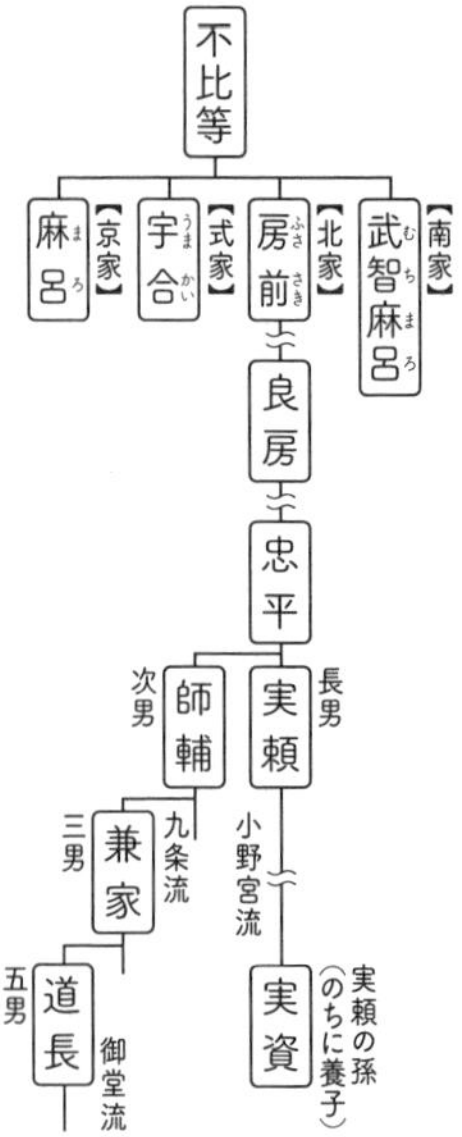

藤原氏の全盛時代はこうして始まった——

六四五年の「乙巳《いっし》の変」から始まる「大化《たいか》の改新」の中心人物だった中臣鎌足《なかとみのかまたり》が臨終に際して「藤原」姓を賜《たまわ》ったところから藤原氏の歴史は始まりました。

鎌足の子、不比等《ふひと》の時代から正式に「藤原」姓を名乗って繁栄の基盤を固めると、**不比等の**

四人の息子たちによって藤原氏の全盛時代が始まりました。四兄弟は「南家《なんけ》」「北家《ほつけ》」「式家《しきけ》」「京家《きようけ》」と分かれましたが、その中から北家が台頭していきます。

九世紀半ばに北家の良房《よしふさ》が人臣《じんしん》として初めて摂政《せつしよう》の座につき、その子孫たちが引き続き摂政・関白《かんぱく》となって藤原北家が摂関《せつかん》を独占するに至ったのです。世にいう「摂関政治」です。

このあたりの話は、四章で詳しく説明していきますのでお楽しみに!!

「酔っぱらいをあしらう」のも女房のつとめ

それにしても、何か恐ろしいことが起きそうな皆の酔態ぶりだと思った紫式部は、宰相《さいしよう》の君(あの美人さんです)と示し合わせて御帳台《みちようだい》の後ろに隠れました。ところが、**これまた酔っぱらった道長に見つかって二人ともつかまってしまいます。**

「和歌を一首詠みなさい。そうすれば許してあげよう」

と道長に言われ、困ったものの詠まないとあとが怖いので、即興で詠みました。

いかにいかが　かぞへやるべき　八千歳《やちとせ》の　あまり久しき　君が御代《みよ》をば

訳　いったいどう数え上げたらよいのでしょうか、幾千年にも余る久しい若宮様の御代をば。

「ほう、上手く詠んだものよ!!」

道長は感心して二度ほど声に出して繰り返すと、返歌をしました。

あしたづの　よはひしあらば　君が代の　千歳《ちとせ》の数も　かぞへとりてむ

訳　私にも千年の寿命を保つ鶴ほどの齢《よわい》があったら、若宮の御代の千年の数も数え取ることができるだろうよ。

酔っぱらっているわりには、上手く詠んでいますね。道長サマご立派!!

さすがの道長も妻・倫子には頭が上がらない？

酔っぱらい道長は、まだまだ絡みます。

「若宮様～、じいじは上手く歌を詠みましたよ～」

と、自画自賛（若宮はまだ生後五十日。歌は当然理解できません）。

「中宮の父として私はなかなかのものだし、中宮も私の娘として悪くはないですよ。妻の倫子《りんし》も幸運な人生だと思って笑っていらっしゃるようだ。いい夫を持ったことだと思っているであろうなー、うぃ～ひっく」

……もはや誰も止めようがない。道長の妻倫子は酔っぱらいの戯《ざ》れ言《ごと》など聞くに堪《た》えず、その場から立ち去ろうとしました。それを見た道長は大慌てです。

「母上様をお見送りしないとお恨《うら》みなさるだろう、うぃぃぃぃ～」

と言って、御帳台を突っ切って急いで倫子のあとを追いかけます。**天下の道長も奥様には頭が上がらない**ようです。

「おーい倫子様、待ってくれ～。彰子は私を失礼な奴だと思うだろうが、親があってこそ子も立派というものだよ～、うぃ～ひっく」

と、道長が言い訳がましく言うのを聞いて女房たちは皆クスクスと笑いましたとさ。

コラム

『小右記』の作者・藤原実資はどんな人？

アンチ道長を貫いた藤原実資が、五十五年にわたって漢文で書き続けた『**小右《しょうゆう》記《き》**』という日記があります。これには有職故実についての詳細な記録が残されており、当時を知るうえでとても貴重な第一級の史料となっています。

ちなみに実資の養父実頼《さねより》を祖とする有職故実の流派を「小野宮流《おののみやりゅう》」と呼び（72ページ系図参照）、「**小野宮右大臣記**」を略して『小右記』です。

『小右記』には**辛口コメントが記されているのも特徴**で、特に道長に対しては、その実力や能力を認めつつも、強引なやり口に対して厳しく批判することを忘れてはいません。

しかし、道長全盛を象徴する「この世をば わが世とぞ思ふ 望月《もちづき》の 欠けたることも なしと思へば」の歌（209ページ参照）は『小右記』にのみ記されて伝えられました……アンチ道長が道長の栄華を後世に伝えるとは、世の中皮肉なものです。

実資は二十代で蔵人頭《くろうどのとう》※、四十代で権大納言《ごんだいなごん》に任じられて右近衛大将《うこんえのだいしょう》を兼ねると、以降四十二年の間、右大将の地位にありました。この間、**道長の全盛期にあったた**

め**公卿には列していたものの実権は握れず、右大臣になれたのは六十代も半ば**でした。

しかし、実資は道長の死後も長生きし、九十歳になって死に臨んでも出家せず（これは当時としては珍しい）、生涯現役を貫いて多くの天皇に仕えました。

「ざまあみろ道長、お前より長生きしてやったぜ〜!!」（実資の心の声、失礼）

そんな実資ですが、学者肌で頑固一徹のカタブツかと思いきや、**意外にも好色**でした。いわゆるムッツリですね（笑）。紫式部は引っかからなくてよかったです。

最初の妻を迎えるまでに、何人もの女性と行きずりの恋をした実資でしたが、花山《かざん》天皇の女御《にょうご》で、**美貌の持ち主婉子《えんし》女王《じょおう》にベタ惚《ぼ》れ**します。

しかし、さすがに藤原北家の実資でも天皇の女御には手が出せない……泣く泣く諦めたのですが、運よく花山天皇が出家してくれた（165ページ参照）ので、実家に戻った婉子女王に猛アタック!!　ライバルたちを蹴散らして結婚することができました。

ところが、子供に恵まれぬまま婉子女王は二十七歳の若さで亡くなってしまいます。

愛する妻を失った実資は悲しみに打ちひしがれ、その後正式な結婚はしませんでした……とはいっても女好きの性格はそのままで（笑）、あちこちに手を出して子供を作ったりもしたようです。

実資が五十歳を超えた頃、義弟の乳母《めのと》の娘（何歳差なのでしょう!?）との間に千《ち》古《ふる》という女の子が生まれました。**実資は千古に「かぐや姫」と名づけるなど猫かわいがり**して天皇に入内《じゅだい》させようとしましたが、道長・頼通《よりみち》父子に阻まれ、果たせませんでした。

実資は千古を溺愛《できあい》するあまり、養子にしていた息子を差し置いて、「自分の財産はぜ〜んぶ千古に譲る」と遺言しました。ところが千古は道長の孫に嫁いだため、結果的に藤原北家の嫡流たる実資の財産は、最大の競争相手である道長の御堂流《みどうりゅう》（221〜222ページ参照）に入ることに……。さらに男系子孫に財産が渡らなかったことによって**実資の子孫は没落していきました。**

「賢人右府《けんじんうふ》」とまで呼ばれた実資が、ものの見事に判断を誤りました。アンチ道長、打倒道長だったはずが、こんな結果になろうとは……。

※「蔵人頭」……蔵人は天皇の秘書官で、天皇への奏上《そうじょう》、天皇からの命令を取り次ぎ、諸官職の任命、儀式などを司《つかさど》った。蔵人所の長官である蔵人頭は、公卿への昇進を約束された貴族の出世コース。

彰子、内裏へ戻る！
帝へのお土産は『源氏物語』の豪華本

彰子が里帰りを終えて内裏《だいり》に戻る日が近づき、女房たちはその準備に追われて大忙し。ところがそんな折も折、**彰子が、「御本を作りましょう」と発案**したので、紫式部は御前に上がって彰子と差し向かいで本を作ることになりました。

物語の清書が終わった分を綴《と》じて整える一方、色とりどりの用紙を選んで新しく清書の依頼をして回る、そんなこんなで一日はあっという間に過ぎていきました。

最初は呆れた様子で見ていた道長も、彰子と紫式部のあまりに真剣な様子を見て、紙や筆、墨などを持参して応援してくれました。

実はこの物語こそ、『源氏物語』なのでした。

紫式部は自宅に置いてあった『源氏物語』の原稿を持ってきて、局《つぼね》にこっそり隠し

ていました。ところが、紫式部の留守中に道長が家（局）捜しをして原稿を見つけ、清書させていたのです。

紫式部は自分の未熟な原稿が世に出回ることを憂《うれ》えていますが、皇子を無事に産んで久しぶりに内裏に戻る彰子は、お土産として最高のものを一条天皇にプレゼントしたかったのです。

その気持ちを察して協力する紫式部と道長なのです。『源氏物語』の豪華本を一緒に読んで、どうぞお二人が仲睦まじく暮らせますように!!

紫式部の覚悟――自分の居場所は「中宮彰子の御前」

女房としての覚悟もなく、日々のお勤めも頼りない紫式部でしたが、**次第に女房としての自覚が芽生え、意識が変化していく**のが読み取れます。

紫式部は、彰子が無事に出産し、その後の儀式が一段落ついたところで実家に帰りました。そこは夫の死後数年、紫式部が物思いに沈んで所在なく暮らしていた場所でしたが、今、帰ってみるとなんの感慨も催さない古ぼけた場所にしか見えません。紫式部は思い出します。

「あの頃は、春から秋へと季節はあっという間に過ぎ、霜や雪を見て冬になったのだと思い知るような始末。夫を失った我が身はいったいどうなることだろうと行く末を心細く思い、それを考えまいと夢中になって物語を読んだりしたものだわ」

そう思って再び本を取り出して読んでみたものの、以前のように面白いとは思われません。また、手紙をやり取りしていた気心の知れた人も、紫式部が宮仕えに出たことで互いに遠慮し、疎遠になってしまったことに気がつきました。

自宅に帰ってきたのに、まるで別世界に来たようだわ……。

「私の居場所はここではない。土御門殿の素晴らしい雪景色を見たい」

そう思った紫式部は、数少ない友人の一人である大納言《だいなごん》の君に歌を贈りました。

浮き寝《ね》せし 水の上のみ 恋しくて　鴨の上毛《うわげ》に さへぞおとらぬ

訳 あなたとご一緒に仮寝した中宮様の御前ばかりが無性に恋しく思われて、独り寝する里の夜の身にしみ入る冷たさは、鴨の上毛に置く霜の冷たさにも劣りません。

すると、大納言の君から返歌がありました。

うちはらふ 友なきころの ねざめには つがひし鴛鴦《おし》ぞ 夜半《よわ》に恋しき

訳 上毛に置く霜を互いに払い合うような友もいないこの頃、ふと目覚めた夜中、おしどりのようにいつも一緒にいたあなたが、恋しくてなりません。

涙が出るくらい嬉しかった紫式部です。 同僚女房たちも手紙を送ってきました。

「彰子様が雪をご覧になられて、『よりによってこんな美しい雪景色の時に、紫式部が里下がりしているなんて残念だわ』と、おっしゃっていらっしゃいますよ」

さらに、北の方倫子からも手紙が届きました。

「『すぐに帰参します』と言ったのは嘘ですか。いつまで里下がりしているの!?」

……こ、怖い。いや、直々に手紙をくださって畏《おそ》れ多いことだと思い、予定を繰り上げて帰参した紫式部です。

あれほど辛《つら》く苦しいと思っていた宮仕えだったのに、自分の居場所はもはや実家ではなく、中宮彰子の御前なのだと気がついた紫式部は、**女房としてやっていく覚悟を決めた**のでした。紫式部、ファイト～!!

❀〝家柄意識むき出し〟の同僚にゲンナリ…

そんなこんなで中宮彰子のもとへ戻ってきた紫式部に、新たな試練が待ち受けていました。

中宮彰子が若宮とともに内裏に戻る日になりました。道長をはじめ公卿たちが集まって行列を組むなど、大掛かりな行事です。もちろん中宮に付き添う女房たちにとっても晴れ舞台。

三十人余りの女房が気合を入れて、華やかに着飾ること着飾ること。

中宮彰子の御輿《みこし》に同乗するのは最上位の女房。次なる牛車《ぎっしゃ》には誰々が、その次は誰々が、と女房の席次は決まっていました。紫式部は言われるがまま五台目の牛車に乗り込んだのですが、**同乗した「馬の中将《うまのちゅうじょう》」が露骨に嫌がる素振りを示した**のです。

「たかが同乗したくらいで大げさな反応ですこと、フンッ!!」

紫式部は不快に思います。

馬の中将に対して個人的に何か嫌な思いをさせた記憶は紫式部にはありません。

「自分の家柄のほうが格上だから？　私の文才への嫉妬？　それとも新参者に対するイジメ？　なんだか知らないけど、こんな態度を取られるなんて馬鹿馬鹿しい。やっぱり女房という仕事は私には合わないわ」

もともと仕事嫌いだった紫式部は、またまた厭世観《えんせいかん》に襲われます。

公卿たちに姿を見られてしまうことも、紫式部にとっては苦痛でした。この当時、貴族の女性は邸宅の奥にいて、よほどのことがなければ身内以外の男性に直接姿を見られることはなかったからです。女房という仕事は女性としての「恥」の意識を捨てなければやっていけないなんて、紫式部には耐えられませんでした。

女房として生きる覚悟を決めたはずの紫式部でしたが、早くもその覚悟は崩れ去ってしまいそうです。あらあら……。

教えて、和泉式部!!

「女房の序列」ってあったの？

女房には「上臈《じょうろう》、中臈《ちゅうろう》、下臈《げろう》」の区別がありました。「臈」はそもそも僧の得度《とくど》以後の年数を表す言葉でしたが、転じて序列や階級を表す言葉になりました。

上臈は特別に禁色《きんじき》（青色、赤色）の織物の唐衣《からぎぬ》を着ることが許された女房で、大臣・公卿の娘が多く、中臈は殿上人レベルの家の娘、下臈はさらに低い六位レベルの家の娘です。

紫式部の場合は文才を買われての出仕で、待遇としては「中臈」レベルでした。上臈の女房はプライドが高く小うるさかったので、紫式部は彼女たちを恐れて家に帰って引きこもったこともありました。しかし、一方の上臈女房たちも紫式部のことをプライドの高い才女として（十以上の悪口を言いながら）恐れていたのです。

まあ、お互い様、といったところでしょうか。

初出仕で総スカン！唯一温かく接してくれた大親友

小少将の君は大親友
部屋の仕切りを取っ払って仲良く暮らしています
小少将の君
二人で一部屋だと男が訪ねてきた時不便だろう？
ひょこっ
道長サマ!?
あっかん
私たちは秘密で恋人なんて作りませんよーだ
べー
そんな大親友の小少将の君は若くして亡くなってしまいました
亡き人をしのぶることもいつまでぞ
今日のあはれは明日のわが身を

中宮彰子が内裏に戻る儀式が終わってヘトヘトになっていた紫式部のところに、**数少ない親友の一人である小少将《こしょうしょう》の君**がやって来ました。

「やっぱり女房なんてやってられないわよね～、あ～疲れた」

などと二人で愚痴を言い合って憂さ晴らしをしているところへ、侍従《じじゅう》の宰相《さいしょう》藤原実《さね》成《なり》、左《ひだり》の宰相の中将　源　経房《みなもとのつねふさ》、藤原公信《きみのぶ》中将※が次々に挨拶にやって来ました。

「なんの用事か知らないけれど、このタイミングで来るなんて最悪。煩《わずら》わしいったらありゃしない」……紫式部たちのわかりやすく冷たい態度を見て、これはまずいと悟ったのか、「明朝出直してまいりましょう。今夜は我慢できないほど寒いですね、あはは～」などと言いながら、そそくさと帰っていきました。

その後ろ姿を見つめる紫式部は複雑な思いでした。

「あの方々の帰る家には、きっといい奥様が待っていらっしゃるのでしょうね」

ちょっとトゲのある紫式部の物言いですが、妬《ねた》んだり我が身の不幸を恨んだりしているのではなく、小少将の君のことを思ってのことなのです。

小少将の君は上品で美しく、性格もいいのに男運がないのです。

「この世は本当に不公平なことばかり……」

紫式部は深いため息をつくしかありません。今日もユーウツな紫式部です。

※「侍従の宰相藤原実成、左の宰相の中将源経房、藤原公信中将」……いずれも三十〜四十歳の男盛り。実成と経房は公卿、公信だけがこの時点で殿上人だったが、のちに公卿になった。

教えて、和泉式部!!

平安美人の条件とは？

後宮に仕える女房たちは、選ばれしエリート女性なだけあって美意識も高く、誰よりも美しくありたいという競争心も強かったのでした。

当時、美人を表現する言葉として「うつくし・らうたし（かわいい）」「をかしげなり（趣がある）」「きよげなり（こぎれいだ）」「えんなり・なまめかし（優美だ）」などがありました。ただ、顔かたちはよくても、背が高いのと、クセ毛は大きく減点されました。

『紫式部日記』の中で、紫式部が美人とする条件は次のようなものですが、現代の感覚とは違う点もあるようです。

・体格はどちらかといえば小柄で肉づきのあるぽっちゃり型
・色は白くて肌理《きめ》が細かい肌
・顔立ちは下ぶくれ
・目は引き目
・あまり長すぎず、赤からず、小さなカギ鼻
・髪は長くて黒く、艶やかであるのは大前提

開き直って「自虐的な和歌」を詠み合う幸せ

そういえば、かつて小少将の君とこんな歌を交わし合ったことがありました。

天《あま》の戸の　月の通《かよ》ひ路《じ》　ささねども　いかなるかたに　たたく水鶏《くいな》ぞ※

訳　空にある天の門が月の通い路を閉ざすことはないように、宮中の通り道も閉ざしていないのに、水鶏はいったいどちらの局の戸を叩いているのかしら。

小少将の君が詠んだ歌の意味は、「宮中の通り道は閉ざしていないのだから、男性貴族は好きな女房のいる局の戸を叩いているはず。今頃どなたの戸を叩いているのかしら、私のところには来ないわねぇ」という自虐気味の歌。月は「月卿雲客《げっけいうんかく》」（公卿と殿上人）のことを指します。

それに対して紫式部が返しました。

槙《まき》の戸も　ささでやすらふ　月影に　何をあかずと　たたく水鶏ぞ

訳　私も槙の戸に錠もかけず寝るのをためらっている月夜に、どこの戸が開かないから不満だといって水鶏（殿方）は叩いているのでしょう。

紫式部のほうも、「誰も私の戸を叩いてくれませんわ、プンプン（笑）」と返したわけです。**二人して恋人がいないのを嘆いているような、楽しんでいるような……**。なんでも打ち明けられる関係こそが、二人にとって大切な友情の証《あかし》でした。

そして二人で分厚い綿の入った着物を重ね着し、身を寄せ合って暖を取りながら、寒い夜、眠りにつくのでした。

※「たたく水鶏ぞ」……水鶏は交尾の時期になると、雄《おす》が戸を叩くような鳴き声で雌《めす》に求愛するので、水鶏が鳴くことを「たたく」という。

「二月の枝垂れ柳」のような友との別れ

ここで紫式部の親友、小少将の君について紹介しておきましょう。

小少将の君の父とされる源時通《ときみち》は、道長の正室源倫子のお兄さんなので、小少将の君は道長夫妻から見れば姪にあたる、つまり**彰子と小少将の君は従姉妹の関係**です。

小少将の君のことを紫式部は**「二月の枝垂《しだ》れ柳」**のようだと表現しています。おそらくその意味は「若々しく華奢《きやしゃ》でなよなよしている」ということでしょう。「華奢でなよなよしている」というのは古語で「あえか」といい、これは女性のか弱い姿を褒めたものです。

性格は控えめで人見知り、繊細すぎて意地悪い女房の世界では生きていけないくら

彰子と小少将の君は従姉妹の関係

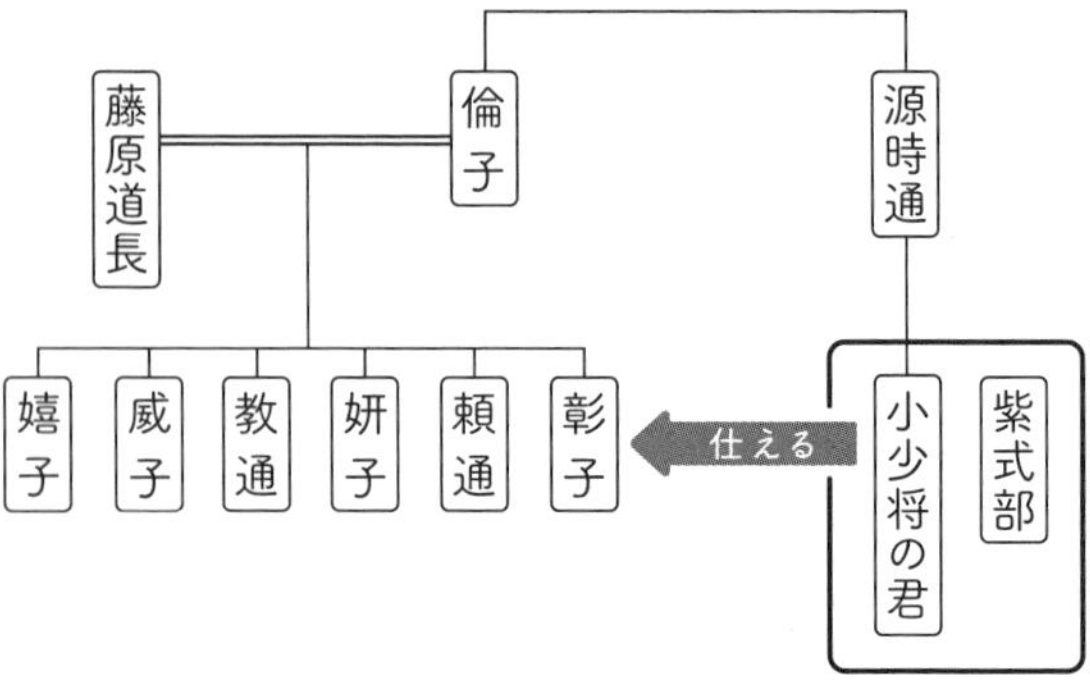

いか弱い女性ですが、そんなところがかえって紫式部と馬が合ったようです。お互いに仕事は嫌いですしね（笑）。

紫式部が小少将の君と仲良くなったのは、かつて紫式部が宮仕え初日に、女房たちから総スカンを食らった時、唯一温かく接してくれたのが小少将の君だったからでした。

仲良くなった紫式部と小少将の君は、それぞれの局の几帳を取っ払って一つの局にしてしまい、同じ空間で共同生活をしていました。

その様子を見た道長が、

「おいおい、お互いに知らない男がやって来たらどうするつもりだい？」

と問いかけてきました。すると、紫式部

と小少将の君は、

「お互いに秘密で恋人を作ったりなんて絶対しませんわ！」

と強く言い返したのでした。

そんな仲良し二人組だったのですが、**小少将の君は若くして亡くなってしまいました。**

紫式部にとって心を許せる親友が死んでしまった悲しみは、大きいものでした。

紫式部の歌を集めた『紫式部集』には、小少将の君に捧げる哀傷歌《あいしょうか》が残されています。

亡き人を　しのぶることも　いつまでぞ　今日のあはれは　明日のわが身を

訳 亡き人を思い慕うこともいつまで続くことでしょう。今日人の死をしみじみと悲しんでいることは、明日は我が身に訪れることでしょうよ。

明日は我が身……それどころか、小少将の君のあとを追って今日にでも死にたいと紫式部は思ったのかもしれません。

新嘗祭の「五節の舞姫」を上から目線で辛口採点！

十一月の下旬、**「新嘗祭《しんじょうさい》」**※の季節になりました。
稲の収穫を祝い、翌年の豊穣《ほうじょう》を祈るこの宮中祭祀《さいし》には、四人の舞姫が華やかに舞う**「五節舞《ごせちのまい》（五節）」**と呼ばれる女楽《じょがく》の儀式があります。公卿や受領《ずりょう》に命じて舞姫を選定させ、それぞれに美しく着飾って舞うこの儀式は、まさに新嘗祭のハイライトです。

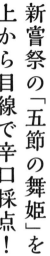

この年、舞姫の選定と準備をおおせつかったのは、藤原実成、藤原兼隆《かねたか》、高階業遠《たかしなのなりとお》、藤原中清《なかきよ》の四人でした。

実成は前にも出てきましたね。お疲れモードの紫式部のところに来てしまい、空気を読んで帰っていった彼です（87ページ参照）。彼と兼隆は公卿、業遠と中清は受領でしたが、この仕事をうまくやり遂げれば、天皇のお褒めに与《あず》かり、出世が約束されます。とにかく皆サマ気合が入っています。がんばって〜!!
さてさて、ここから**紫式部による上から目線の辛口採点**が始まります。

まず**業遠サマ**から。彼の選んだ舞姫の世話係は錦の唐衣を着て、闇の夜にも紛れず、ひときわ珍しく見える。まあまあね。でも、衣装を重ね着しすぎて動きにしなやかさが欠けてちょっと固い感じです。
次に**中清サマ**。彼の世話係は背丈が揃っていてまとまりよく、しかも優雅で奥ゆかしいから十分合格点ね。
その次は**兼隆サマ**。彼の父は「七日《なぬか》関白《かんぱく》」の道兼《みちかね》。従兄弟《いとこ》の伊周《これちか》・隆家《たかいえ》は道長に対抗して結局左《さ》遷《せん》されましたが、彼は賢くも道長に付き従いました。
そんな兼隆サマの準備は完璧ですが、下仕《しもづか》えの少女たちの身なりが少し田舎めいていてほほえましいわ。
最後に本命の**実成サマ**。さすがに現代的で格別の趣、世話役も大勢いて、得意然として見せている衣装なども見栄え十分な美しさです。

※「新嘗祭」……秋に新しく穫れた穀物を神に献供《けんく》するとともに、天皇自らもそれを食す行事。稲の収穫を祝い、翌年の豊穣を祈る式典。「にいなめさい・にいなめのまつり」ともいう。なお、天皇が即位の礼ののちに初めて行う新嘗祭を、特に「大嘗祭《だいじょうさい》」という。

「やっぱり男性の目に触れるのって慣れないわ～」

五節舞に選ばれた舞姫は練習に明け暮れます。そして何度か天皇の前でリハーサルを行って厳しいチェックを受けます。

紫式部は道長にそのリハーサルを見るよう促《うなが》されますが、あまり気が進みません。というのも、**大勢の公卿たちが見つめる中、舞姫や付き添いの童女、下仕えたちが負けじと競い合う姿を見たくない**からです。

紫式部の価値観としては、女性はあくまでも男性の目を避け、家の中で奥ゆかしくしているのがよいのであって、こんな衆人環視の場にさらされる少女たちの気持ちを考えると、胸が張り裂けそうです。

「私には舞姫なんてとうてい無理だわ」と思いつつも、女房という仕事柄、男性の目に触れる機会もすでにたくさん経験してきた紫式部です。

自分は袖で顔を覆っているつもりでも、灯《あか》りの下である以上、男性たちに見られているに違いない、ああ恥ずかしい……と思って胸が詰まる思いの紫式部です。

「でも人の心など変わっていくもの。宮仕えに慣れていけば、男性に顔を見られることも平気になるのかしら……」

と、千々《ちぢ》に心乱れる紫式部は、儀式を眼前にして、なんだか気もそぞろです。

教えて、和泉式部!!
「男性に顔を見られる=結婚する」!?

平安時代、貴族の家に生まれた女性は、親族以外の男性に顔をさらすことはほとんどありませんでした。部屋には「**御簾**《みす》」が上から垂れ下がり、移動式のついたてにあたる「**几帳**《きちょう》」が立てられ、さらに自らが手に持つ「**扇**《おうぎ》」で顔を隠します。

室外から覗き見しようとしても、これらにブロックされてしまいます。女性の顔を見るのは、難易度高いですよ～。

偶然、何かの拍子で顔を見られそうになったら奥の手を使います。長い黒髪でさっと顔を隠すのです。男性が女性のもとに通って一対一で対面し、その顔を見ようとしても、差し込む月明かりだけではよく見えないうえに、黒髪でブロックされるのですからお手上げです。

つまり、貴族の若い女性の顔を見られるのは、親族以外では、よほどの恋人か夫に限定されていたのです。**古語で「見る」という語は、「結婚する」という意味を持っています。**「顔を見たからには結婚してね!!」と、責任を迫れるくらいだったのです(笑)。

『源氏物語』の中で光源氏が末摘花《すえつむはな》の顔をちゃんと見られたのは、何度も通った末のある日、雪明かりに彼女の顔が照らされた時でした。そこで光源氏が見たのは、「長くて赤い鼻」「でこっぱち」「青白い顔」「胴長短足」「ガリガリ」……の女性の姿でした。

ただ、末摘花は当時の美人の絶対条件の一つ、ふさふさとした美しい黒髪を持っており、それは誰にも負けないくらいの美しさなのでした。素晴らしい!!

背筋がゾゾゾ…平安女子の「ウラミの晴らし方」

女房という仕事をユーウツに感じている紫式部ですが、ここでとんでもない手伝いをさせられます。**「左京《さきょう》の君」という女房を、思いっ切りからかって貶《おとし》めることの手伝い**です。

遡《さかのぼ》ること十年以上前、中宮彰子よりも先に一条天皇に入内していた、弘徽殿女御《こきでんのにょうご》（義子《ぎし》）という女性がいました。『源氏物語』の中に出てくる（悪役的）女性と同名ですが、もちろん別人です。この弘徽殿女御は、五節舞の準備をおおせつかった実成（94ページ参照）の姉です。弟の晴れ舞台を手助けしようと思った彼女が、その手伝いを頼んだのが「左京の君」という名の元女房でした。

紫式部の先輩女房たちは、左京の君に恨みがあるらしく、左京の君が実成の舞姫の控室にいることを嗅ぎつけると、「ここで会ったが百年目、ウラミハラサデオクベキカ～。徹底的にやっつけないと気が済まないわ!!」と一致団結しました。

一方の左京の君は、存在を知られないように、舞姫の理髪《りはつ》係という地味な裏方をしていたのですが、そこは古狸《ふるだぬき》ですから、若い女房たちに色々と指図するなど徐々に態度が大きくなっていき、その素性《すじょう》がバレてしまったのです。

まあ、自業自得というところでしょう。

先輩女房たちと左京の君との間にどんな過去があったのか、紫式部は知る由《よし》もありません。が、ともかく紫式部もその仕返し作戦の一端を担うことになります。

さてさて、左京の君の身は大丈夫でしょうか。

紫式部も荷担!? 高級文化人のイジメは超陰湿!

高級文化人たる女房たちのイジメは、直接的な言葉、ましてや暴力などではありません。**超〜まわりくどく、わかりにく〜い陰湿なやり方**をします。

一　まず、「蓬萊山《ほうらいさん》の絵」の描かれた扇を届けさせます。
二　次に、「反《そ》り返った櫛《くし》」を届けさせます。
三　決定打として嫌味な歌を書いた手紙を届けさせました。

まず、一の「蓬莱山の絵」ですが、不老不死の仙人の住む蓬莱山の絵が描かれた扇には、「年老いても若々しく振る舞っていることに対する皮肉」、あるいは「蓬莱山を探しているうちに見つからず老いていく可哀そうな人」というメッセージが込められています。

次に、二の「反り返った櫛」ですが、これは当時「櫛を反らせば反らすほど若い」という習慣があって、思いっ切り反りまくった櫛を届けさせて、若作りする左京の君への当てつけとしたのです。

そしてダメ押し、三の手紙の中に、

「五節舞の準備に参加する人の中で、とりわけ目立っていた日陰の身分のあなたのことをしみじみと眺めたことです」

という歌を書いて届けさせました。これまた今や落ちぶれてしまった左京の君のことを揶揄《やゆ》した内容です。

この手紙を、左京の君に顔を知られていない使いの者に持たせ、主人である弘徽殿女御からの手紙だと信じ込ませました。かなり意地が悪いですね……。

紫式部はのちに「ちょっとしたイタズラだった」と書いていますが、いじめっ子の言い訳ですね。左京の君の立場に立てば、プライドを傷つけられて憤死《ふんし》もののイジメです（弘徽殿女御も巻き込まれてお気の毒……）。

女房の世界の、粘着質かつ陰湿なイジメの怖さがわかる話ですね。

気がつくと五節舞も終わり、宮中の様子は急に寂しくなってきました。そこで一首。

年くれて　わが世ふけゆく　風の音《おと》に　心のうちの　すさまじきかな

訳　今年も暮れて、私の人生も老いていく。折からの風の音を聞いていると、心の中にも荒涼とした木枯らしが吹きすさんで寂しく思われることですよ。

大晦日の夜、同僚女房が引きはぎに遭う

そんなこんなで大晦日《おおみそか》を迎えた紫式部たちでしたが、その夜に大事件が起きました。

悪鬼《あっき》を追い払う「追儺《ついな》※」の儀式が早くに済んでしまったので、紫式部は仲間の女房たちとくつろいでいました。

その時です、**彰子のいるほうから、激しい悲鳴のあとに誰かが泣き騒いでいる声が聞こえてきました。**紫式部はとても恐ろしく、どうしてよいかもわかりません。「火事※かしら」と思いましたが違うようです。

寝ていた弁《べん》の内侍《ないし》を叩き起こし、内匠《たくみ》の蔵人を前に押し立てて、

「ともかくも、中宮様のところへ参上して様子をお伺いしましょう」

と、三人とも震えながら足が地につかないさまで参上してみると、**裸の人が二人うずくまっています。**見ると靫負《ゆげい》と小兵部《こひょうぶ》という女房でした。

「さては引きはぎ（強盗）に着物を奪われたのね!!」

事情はわかりましたが、恐怖心は増すばかり。まだ犯人はその辺にいるかも!?

中宮付きの侍《さむらい》も、宮中警護をするはずの滝口《たきぐち》の侍も、追儺が済むとすぐに退出してしまっていました。手を叩いて大声で呼んでも、返事をする人もいません。

仕方なく、御膳宿《おものやどり》の刀自《とじ》（配膳係の女官）を呼び出して、

「殿上《てんじょうのま》間に兵部《ひょうぶ》の丞《じょう》という蔵人がいます、その人を早く呼んできて!!」

と、恥も外聞もなく叫んだのですが、これまた退出してしまったようです。

この「兵部の丞」とは紫式部の弟です。**「本当に肝心な時に役に立たない弟だわ。情けないいったらありゃしない」と、紫式部は怒り心頭**です。

しばらくして事態は落ち着きましたが、女房たちは顔を見合わせたまま茫然自失の体《てい》で座り込んでいました。はぁ~怖かった。

裸の二人には、すぐに中宮が衣装を与えて事なきを得ました。この事件、盗賊ではなく身分の低い下﨟の出来心による所業だったようで、大事には至りませんでした。明けて元日、二人とも何事もなかったようなフリをして晴れ着を着て出仕していましたが、あの裸姿は目に焼きついて忘れられません。紫式部は、それを思い出すと恐ろしいものの、**「今となっては可笑《おか》しいわ」と心の中で笑ってしまう**のでした。

なにせ悪鬼を追い払う追儺をやったすぐあとに、身ぐるみ剝《は》がされる引きはぎに遭ったのですから、なんとも皮肉ですこと……。

※「追儺」……大晦日（旧暦十二月三十日）に悪鬼（疫鬼《えきき》や疫神《えきじん》）を追い払う儀式。宮中における年中行事の一つ。「鬼やらい」ともいった。

※「火事」……平安中期、内裏はたびたび火災に遭った。一条天皇は、九九九年から一〇〇五年の六年間に三回も内裏の火災に遭っている。

教えて、和泉式部!!

紫式部の弟・兵部の丞

紫式部の同母弟藤原惟規《のぶのり》は、父為時《ためとき》（194ページ参照）の血を引いて学者肌でした。エリート官僚として出世し、兵部の丞、六位の蔵人、式部の丞を経て従五位下《じゅごいのげ》※に叙《じょ》せられました。

ところが、せっかく殿上人となったにもかかわらず、年老いた父為時が再び受領として越後守《えちごのかみ》（現・佐渡を除く新潟県の国司長官）に任じられると、惟規は職を辞して父とともに越後に赴任する道を選んでしまいます。

なんて親孝行な惟規でしょう。それなのに神様は意地悪です。**惟規は赴任先で客死《かくし》**してしまいます。美人薄命ならぬ「優しい男は薄命」なのでしょうか。為時と紫式部の嘆きようは相当なものでした。

惟規が死ぬ直前、自ら筆を執《と》ってしたためた歌です。

みやこにも こひしき人の おほかれば なほこのたびは いかむとぞ思…

訳 都にも恋しい人がたくさんいるので、やはりこの度《たび》（旅）は生きて帰ろうと思…。

最後の一文字を書き終える前に惟規が息絶えたため、看取《みと》った為時が、「最後の一文字は『ふ』であろう」と言って、「ふ」を書き加えてあげたと伝えられています。

なお、ここで惟規が都の「こひしき人」と詠んでいるのは、斎院《さいいん》（112ページ参照）に仕える女房だといわれています。

愛息を失った為時は、任期が終わらぬうちに官を辞して都に戻って出家し、その後は紫式部の産んだ孫娘の賢子《けんし》の世話をして晩年を静かに過ごしたようです。

※「従五位下」……六位以下は下級官人であり、五位以上の位を得たものが「貴族」と呼ばれた（ただし、「六位の蔵人」だけは別で出世コース）。そこで、六位から従五位下に昇進することを特に「叙爵《じょしゃく》」と呼び、貴族の仲間入りしたことを祝った。

3章

女房批評、させていただきます　の巻

……「ありあまる文才」と「走りすぎる筆」

同僚への忖度は処世術。でも「チクリとひと言」も？

さて、日記も後半に入ります。

第二部は今までのような記録を目的とした日記体ではなく、消息文《しょうそこぶみ》と呼ばれる手紙文体に変化しています。その最大の特徴は、文末に「侍《はべ》り」という語が多用されていることです。「侍り」は現代語に訳すと、「です・ます・でございます」にあたる丁寧語です。

この変化については諸説あるのですが、ここでは省略して、さっそく紫式部の書いたものを見ていきましょう。

まず、**紫式部が消息文で書いたのは、中宮彰子《ちゅうぐうしょうし》付き女房たちの人物批評**です。

紫式部にとって身近な女房たちの批評を書き残すことは、とても勇気のいることだったでしょう。ですから、紫式部も「憚《はばか》りがある」「欠点は書くまい」と、かなり遠慮気味に筆を進めています。なにせ本人たちに読まれたら大変ですからね!!

女房批評の栄《は》えある第一号に選ばれたのは「宰相《さいしょう》の君」。既出の宰相の君（37ページ参照）とは別人です。紫式部は彼女の見た目から立ち居振る舞いまで、褒めて褒めて褒めまくります。

次は大親友の「小少将《こしょうしょう》の君」の批評。大好きな親友ですから、当然ですが褒めちぎります。以下、同僚たちを褒めまくること数人。結局、紫式部の優しさ（というか忖《そん》度《たく》？）が存分に発揮され、各人各様の個性を見つけては褒めちぎる、というパターンに終始しています。

女房生活も数年を経て、大人になった紫式部は処世術を身につけたということでしょう。でも最後にチクリとひと言、

「すべてが具《そな》わっている人はいない」

と言うのを忘れてはいません（笑）。

ライバル「斎院の女房」への本音が爆発！

さて、同僚の女房たちを「よいしょ」した紫式部は、アイドリングも済んでそろそろ**「本音爆発モード」**に入ります。

きっかけは、**斎院《さいいん》に仕える女房の手紙をひそかに盗み見したこと**でした。ちなみにこの女房は、紫式部の弟惟規《のぶのり》の彼女だった人のようです（106ページ参照）。

この当時の斎院は、彰子が入内《じゅだい》した一条《いちじょう》天皇の祖父にあたる村上《むらかみ》天皇の皇女選子《せんし》内親王《ないしんのう》。その斎院サロンは風雅な社交場として知られ、女房たちのレベルも高く、男性貴族からも人気でした。

その手紙には、「私こそ、この世でただ一人情趣を理解する深い心の持ち主。誰も私とは比べものになりませんわ」と書かれていました……うーんすごい自信家ですね。

紫式部はカチンときました。トーゼンです。

さらに手紙には、「我が斎院様だけが優れた和歌を理解し、情趣豊かな本物の女房を見分けられますわ」という驕《おご》り高ぶったことまで書いてありました。

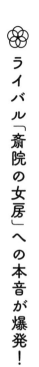

ここまで我慢して手紙を読んできた紫式部も、これには**「怒りスイッチ」**が入ってしまいました。そして本音を爆発させます。

「確かに斎院様はご立派ですわ。でも名歌らしきものは特にありませんわね（イヤミその一）。

そもそもあちらは内裏《だいり》から離れた郊外の静かな地、俗事に紛れることなく風情があって優雅の限りを尽くせる神々《こうごう》しい雰囲気があります。まったくご趣味がよろしいこと（イヤミその二）。

それに引き換え、私のいるところは四六時中ガチャガチャしていて緊張感に欠け、男性貴族にもしょっちゅう遭遇するという悪環境。「恥」なんてとっくに失くしてますわ（開き直りその一）。

しかも、中宮様が男女のだらしない付き合いを嫌う方なので、ベテラン女房たちは奥に引っ込んでばかり。それを冷たい態度と取られて、『お高くとまっている』と非難される一方、世間の噂を気にしないタイプの若い女房が気安く対応すると、『お軽いですね』と言われてしまう始末（開き直りその二）。

これでは中宮様にまったくもって申し訳が立ちません!!」

おかんむりの紫式部は、こう締めくくります。

「斎院の女房たちに負けないよう、もっと風流に振る舞いたいものです。皆さんそれぞれいいところを持っているのですから、がんばりましょう！　エイエイオー!!」

あらあら意外、紫式部はこう言って、ベテラン若手を問わず同僚女房たちを叱咤《しった》激励し、斎院女房たちに負けぬようがんばろー!!　と鼓舞します。こうした発言を読むと、中宮彰子の女房陣の中核を担うようになった紫式部の姿が見て取れます。

「女房勤めなんて大嫌い、あ～ユーウツだわ」と嘆いていた姿はどこへやら。気がつくと出仕してから二年が経ち、**たくましい紫式部へと成長していた**のですね。

教えて、和泉式部!!　「斎院」とは？

「斎院《さいいん》」とは、賀茂《かも》神社（上賀茂《かみがも》神社〈賀茂《かも》別《わけ》雷《いかづち》神社〉と下鴨《しもがも》神社〈賀茂《かも》御《み》祖《おや》神社〉）に奉仕した未婚の皇女・女王のこと。また、その御所を指す場合もあります。

古来、伊勢神宮《いせじんぐう》に奉仕する同様の女性を「斎王《さいおう》」といいましたが、平安初期に賀茂神社にも斎王を定めたので、伊勢の斎王を「斎宮《さいぐう》」、賀茂の斎王を「斎院」と称して区別しました。

斎院の御所は、平安京の北、船岡山《ふなおかやま》（標高百十二メートル）の麓《ふもと》にある北紫野《きたむらさきの》（現・京都市北区紫野）にありました。近くに大徳寺《だいとくじ》や金閣寺があるあたりです。

斎院の仕事として最も重要なのは、陰暦四月の中の酉《とり》の日（現在は五月十五日）に行われる「賀茂祭《かものまつり》」（別名「葵祭《あおいまつり》」）でした。

平安時代、「祭」といえば「賀茂祭」のことを指しました。今では、この「賀茂祭」と「祇園祭《ぎおんまつり》」（七月）、「時代祭」（十月）の三つが「京都三大祭り」と呼ばれていますが、その中で最も古く、由緒があるのが賀茂祭なのです。

斎院は上賀茂神社と下鴨神社に参向して祭祀《さいし》を執り行うのですが、**祭りのハイライトは華麗な行列**で、当時の貴族たちも行列見物に出かけました。

『源氏物語』では、光源氏の正妻葵《あおい》の上《うえ》と愛人の六条御息所《ろくじょうのみやすんどころ》が、いい場所で行列を見物しようとして「車争い」（車の場所取り争い）を演じる場面が描かれています。

この争いに負けた六条御息所は、恨みのあまり生霊《いきりょう》となって葵の上を呪い殺します。

オ〜怖っ!! でも、それくらい賀茂祭をいい場所で見ることに価値があったのです。

選子内親王は歴代最長の五十七年もの長きにわたって斎院を務めたことから「大斎院《だいさいいん》」と称されました。前述したように、斎院の御所は宮廷文化の中心として、有名歌人や公卿《くぎょう》・殿上人《てんじょうびと》などが出入りする風雅な社交場の一つとなっていました。

一条天皇の時代には、以下の**二つの後宮サロンと斎院サロン**がありました。

一つは清少納言《せいしょうなごん》の仕える中宮定子《ていし》のサロン。
もう一つは紫式部の仕える中宮彰子のサロン。
そして、村上天皇の皇女選子内親王の斎院サロン。

この三つは時期としては多少のズレがあるものの、それぞれバッチバチの強烈なライバル心を持って互いに切磋琢磨《せっさたくま》、いや嫉妬し合う関係でした。

ただ、斎院サロンと中宮彰子のサロンとの交流は頻繁にありました。選子内親王から「何か珍しい物語はありませんか」と所望された中宮彰子が、紫式部に新しい作品を書くよう命じて生まれたのが『源氏物語』だった、という伝承もあるくらいです。

❀「彰子サロンは地味」――男性貴族の言葉に憤慨！

さて、斎院の女房の手紙を盗み見していたところから始まった紫式部の「本音語り」は、続いて**中宮彰子の人となり**に話題が移ります。

当たり前ですが、中宮彰子は紫式部の仕える主人サマ、しかも道長《みちなが》の娘で一条天皇の中宮ですから、畏れ多くて悪口など書けるはずはありません。

「非の打ちどころのない上品かつ奥ゆかしいご性格。しいて言うなら、遠慮されすぎ。でも、これもかつて出しゃばって恥をかいた女房の姿を見て、『何もしないで大過なく過ごすほうがマシだわ』という素晴らしいご判断によるもの。

今や大人になられた中宮様は、世の中のことや人の心をすべてお見通し。地味で消極的な後宮のあり方に文句を言う男性の悪口も『柳に風』と聞き流します」

こんな感じです。

ところで、ここで男性貴族が「今の後宮は地味で面白味がない」と文句を言っているのは、どうやら十年ほど前の中宮定子の後宮時代と比較しての発言のようです。

紫式部はそうした風潮に対して反発します。

「中宮彰子様がお許しになっても私は許しませんわ」

義憤《ぎふん》に駆られる紫式部です。ここは譲れませんよね、言ってあげて紫式部さん!!

紫式部と清少納言──「ライバル直接対決」はなかった?

定子の女房といえば、『枕草子《まくらのそうし》』を書いた清少納言が有名です。

紫式部と清少納言はライバルとして見られがちですが、実際に二人が会うことはなかったと考えられています。**紫式部が出仕した頃にはすでに中宮定子が亡くなっていて、清少納言は宮中を去っていました。**残念ですが、現実的に二人が直接会えた可能性はとても低いでしょう。

『枕草子』の内容は、徹頭徹尾《てっとうてつび》「定子（と一条天皇）賛美と自分の自慢話!!」。すでに定子が父道隆《みちたか》という後ろ盾《だて》を失い、苦境に陥っていた時期に書き始めたにもかかわらず、清少納言は定子と後宮の素晴らしい様子を自慢しまくっています。紫式部はそれを読んで何度『枕草子』をぶん投げたことか（ウソです、念のため）。

さらに、清少納言は一〇〇〇年に定子が亡くなったあとも『枕草子』を書き続けました。『紫式部日記』が終わる一年前の一〇〇九年の記事も載っています。確かに、定子は一条天皇の最愛の女性であり、清少納言をはじめとした女房たちも機知に富み、定子のサロンは気の利いたやり取りが交わされる華やかな世界でした。

清少納言によってかなり美化された世界ではありましたが、『枕草子』の影響もあって、男性貴族たちは定子の時代を最高の時代だったと懐《なつ》かしみ、一方で、遠慮ばかりしている彰子とその周りの地味な女房たちとは付き合いにくいと思っていたのです。だからといって、定子亡きあと十年も「昔はよかったな～」なんて男性貴族に思われていたのでは、彰子はもちろん、紫式部たち女房の立場もありません。

メラメラと燃え上がる清少納言に対するライバル心。

いよいよ『紫式部日記』の中で、最高に本音トークが炸裂《さくれつ》する「和泉式部《いずみしきぶ》・赤染衛門《あかぞめえもん》・清少納言批評」へと入っていきましょう。

和泉式部——奔放すぎるゴシップクイーン

和泉式部さんは恋愛に関して奔放すぎる方ねぇ
和泉式部
歌詠みとしては天才的ですが、二人の親王と不倫するなんて
為尊親王
敦道親王
しかもその兄弟が二人とも病気で早世!!
なにか呪われてませんか?
ちなみに娘の小式部内侍も歌詠み上手で恋多き女
大江山
いく野の道の
遠ければ
まだふみもみず
天の橋立
うらやましいぃ…
小式部内侍

紫式部に批評された三人の才女のうち、トップを飾るのはわたくし和泉式部です。**わたくしは当時のゴシップクイーンとも呼べる女性**でした。まさに恋に生きる女!!

二十歳頃、橘 道貞《たちばなのみちさだ》というかなり年上の男性と結婚したわたくしは、小式部内侍《こしきぶのないし》という娘に恵まれました。しかし夫婦仲は次第に冷めていきました。

自分で言うのもなんですが、まだ若く、美人で歌詠み上手のわたくしが道貞程度(失礼!)の男一人で満足できるはずがありません。

そんな時、**為尊親王《ためたかしんのう》**という男性と出会いました。この為尊親王は冷泉《れいぜい》天皇の第三皇子で超セレブな貴公子。一方、わたくしは一地方官の娘にすぎず、さらに子持ちで、まだ正式には離婚していないので、不倫です。

当然周りは反対し、怒った父はわたくしを勘当《かんどう》しますが、火に油を注いだだけ。燃え上がる二人の恋の炎を鎮《しず》めることはできませんでした。

ところが一年ほど経った頃、為尊親王が疫病にかかってあっという間に亡くなってしまいました。しかも「為尊親王が亡くなったのはお前のせいだ」と陰口をたたかれたわたくしは、ダブルショックを受けます。

「艶めく恋文」でセレブ親王を次々籠絡

そんな失意のどん底にいたわたくしの前に現れたのは、亡き為尊親王の弟、**敦道《あつみち》親王**でした。わたくしが二十六歳、敦道親王二十三歳の時のことです。

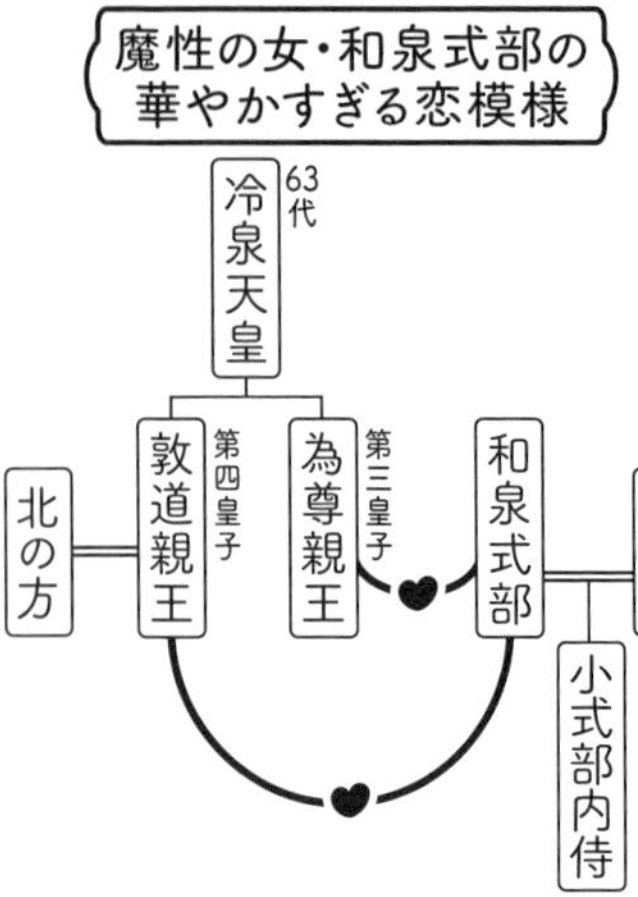
魔性の女・和泉式部の華やかすぎる恋模様
63代
冷泉天皇
第三皇子
為尊親王
第四皇子
敦道親王
北の方
和泉式部
橘道貞
小式部内侍

兄の恋人だったわたくしに興味半分で近づいてきた敦道親王でしたが、手紙のやり取りを繰り返すうちに、わたくしのとりこになってしまいます。

「ちょっとした言葉にも色艶《いろつや》が見えるようです」

と紫式部が褒めてくれているように、恋文を書かせたらわたくしは天下一品。豊かな黒髪を持つ美人の年上の人妻、さらに歌を詠ませたら天才……。**年下のウブな男性**

を落とすなんて、わたくしの手にかかれば朝飯前（笑）。

しかし、その恋もまたイバラの道でした。実は敦道親王には北の方（正妻）がいたのです。

まだ兄の為尊親王が亡くなってそれほど日も経っていないうえにダブル不倫……さすがのわたくしも、この恋の道に足を踏み入れることをためらいました。

いや、ためらっていたのではありません。この間にも他の男性と恋愛していて忙しかったのです（しかも二人もいたことは、ここだけのヒミツよ）。

和泉式部といふ人こそ、おもしろう書きかはしける。されど和泉は、けしからぬかたこそあれ。

訳 和泉式部という人は実に趣深く手紙のやり取りをしたものです。でも、感心しない面があります。

紫式部も、わたくしのプレイガールぶりにはあきれ果てていたようです。どうもお騒がせしてすみません……。

教えて、和泉式部!!

艶のある超ロングヘアは美人の絶対条件

平安時代の美人の絶対条件といわれたのが「垂髪《すいはつ》」と呼ばれる後ろに垂らした艶のある長い黒髪です。紫式部が当時の美人の条件としても挙げていたことは前にも書きました（88〜89ページ参照）。

貴族の女性の髪の長さの平均は、ほぼ身長くらい……つまり百五十センチメートル程度。だとすると、その重さは約一・五キログラム。これは重い!!

ある女御《にょうご》などは、縁側から牛車《ぎっしゃ》に乗っても、まだ髪の端は部屋に残っていたといいます。推定なんと四メートルにも及ぶ長さです。

さらに非常に長い髪は歩く時に床を引きずり、ほこりまみれになって不潔です。

ところが、当時は今のお風呂と違って、蒸し風呂にあたる「風呂殿《どの》」や、行水用の「湯殿」くらいしかなく、貴族の女性が洗髪するのは年に数回程度（諸説あり）でした。

そこで、美しい黒髪をキープするために使ったのが、**「ゆする（泔）」**と呼ばれる米のとぎ汁でした。この「ゆする」で髪を洗ったり梳《と》かしたりしましたが、超ロングヘアゆえ、乾かすのもひと苦労でした。また、「たく（澤）」という、綿を香油に浸したもので髪に艶を出していました。

ちなみに、髪の薄い女性は**「かもじ（髢）」**というエクステを使っていて、かの清少納言も、このかもじを付けて髪を足していたそうです。

平安時代のエクステ「かもじ」

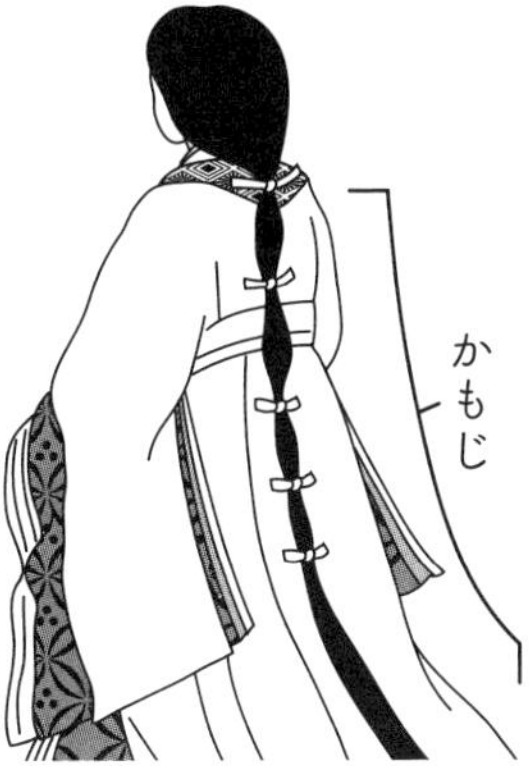

「哀しい恋の結末」と道長からのスカウト

さて、わたくしと敦道親王の恋愛話に戻りましょう。

わたくしの煮え切らない態度に焦《じ》れた敦道親王は、大胆にもわたくしを無理やり牛車に乗せて自邸に連れ込むという暴挙に出ました。これにはビックリ!!

そこは敦道親王の北の方も住むお邸《やしき》でしたが、なんせ当時の貴族が住んでいた寝殿造（27ページ参照）は広いので、バレないと思ったようなのです（どんだけ〜!?）。

しかし、それはいくらなんでも無理がありました。案の定、すぐにバレてしまい、怒った北の方は家出して姉のところに行ってしまいます。もともと夫婦関係は冷え切っていたので、敦道親王は「勝手に出ていってくれてラッキー!!」と開き直って、わたくしとの愛の生活を始めました。

その後二人は幸せに暮らしましたとさ。ちゃんちゃん。

……とは、もちろんなりません!!

なんと**敦道親王は二十七歳の若さで亡くなってしまった**のです。二人の出会いからたったの四年。そ、そんなぁ〜ひどいわ神様。

若くして為尊親王、敦道親王と立て続けに恋人に先立たれたわたくし。これからどうしたらいいの!?

そんな時、わたくしは道長サマにスカウトされました。中宮定子の女房たち（特に清少納言）に対抗するため、道長サマはわたくし和泉式部や赤染衛門、そして紫式部など錚々《そうそう》たる才媛《さいえん》を娘の彰子の女房として揃えたのです。

道長サマには「浮かれ女」なんてからかわれたわたくしですが、歌、特に恋の歌を詠ませたら超一流。紫式部もその才能を評して、「和泉式部は、口をついて自然にすらすらと歌が詠み出される天才歌人」と褒めてくれています。エッヘン!!

『百人一首』に採られているわたくしの歌です。

あらざらむ この世のほかの 思ひ出に 今ひとたびの 逢ふこともがな

訳 私はまもなく死んでしまうでしょうが、あの世に行ってからの思い出として、せめてもう一度あなたとの逢瀬《おうせ》があればと思います。

わたくしは宮仕えののち、道長サマの部下で武勇をもって知られた藤原保昌《ふじわらのやすまさ》と再婚し、夫の任国《にんごく》に下っていきました。娘の小式部内侍に先立たれる不幸がありましたが、晩年には出家して静かに最期《さいご》を迎えました。

コラム

母譲りの歌才・小式部内侍

小式部内侍は橘道貞とわたくし（和泉式部）との間に生まれ、中宮彰子サマに出仕しました。血は争えないもので、母のわたくしに似て**恋多き女流歌人として、多くの貴公子たちと交際しましたが**、のちに公卿となる藤原公成《きんなり》との間に男児を生んだ直後に二十代の若さで死去しました。

わたくしは、最愛の子供を失った母親の哀切を極めた歌を詠みました。

とどめおきて　誰をあはれと　思ふらむ　子はまさるらむ　子はまさりけり

訳　子と母をこの世に残して死んだ娘は誰のことを不憫《ふびん》に思っているのだろうか。それは母親のことではなくて、自分の子供のことだろう。そう、親よりも子への愛情が深いものだよ（私も今、娘のあなたを失ってこんなに悲しんでいるのだから）。

子を思う親の気持ちは何よりも強い。三十一文字《みそひともじ》でこれだけ人の心を打つ歌を詠めるなんて、**「やはり和泉式部は数百年に一人の天才!!」**と褒めていただきました。

そんな天才歌人の血を引く小式部内侍は、若くして非常に歌が上手いと評判でしたが、上手すぎて母の和泉式部が代作しているに違いないと噂を立てられてしまいます。

ある歌合《うたあわせ》（歌を詠み合う会）で詠進《えいしん》することになった小式部内侍でしたが、ちょうどその時、母であるわたくし和泉式部は夫とともに丹後国《たんごのくに》（現・京都府北部）に赴《おもむ》いており不在でした。

そこで藤原定頼《さだより》（公任《きんとう》の長男）が、「歌会で詠む歌はどうなさいますか？　お母様のいらっしゃる丹後国へ使いは出されましたか？　まだ、使いは帰ってこないのだとすれば不安でしょう」と、からかったのです。

父親の公任も嫌味好きなお方でしたけど（182ページ参照）息子も負けてませんね、ほんと、いやなヤツ！　カチンときた小式部内侍は即興で次の歌を詠みました。

大江《おおえ》山《やま》いく野の道の　遠ければ　まだふみもみず　天《あま》の橋立《はしだて》

訳 大江山を越え生野《いくの》を通って行く道のりは遠いので、まだ天の橋立の地を踏んだことはないし、丹後の母からの手紙も見たことがありません。

お見事!!

掛詞《かけことば》や縁語《えんご》を使って当意即妙に詠まれた高レベルの歌※でした。これには定頼も降参です。歌を詠まれたら返歌を行うのが礼儀であったにもかかわらず、定頼は狼狽《ろうばい》して返歌もせず、逃げるように立ち去ってしまいました。ざまーみろ!(失礼)です。

定頼も『百人一首』に撰ばれるほどの歌人でしたが、大いに恥をかきました。

一方、**この一件以来、小式部内侍の歌人としての名声は大いに高まりました。**

小式部内侍の歌の才能は本物であり、母が代作しているという噂はデタラメであることをズバリ証明してみせたのです。やったね!!

※「高レベルの歌」……「いく野」に、丹波国天田《たんばのくにあまた》郡《ぐん》(現・京都府福知《ふくち》山《やま》市)にある「生野」という地名と「行く」とを掛け、「ふみ」も「文」と「踏み」の掛詞になっている。また、「踏み」は「橋」の縁語。

赤染衛門――万事控えめで風情ある人

さて、次は「赤染衛門」に対する批評です。

赤染衛門は格別優れた歌詠みではないけれど、実に風情があります。あれこれと歌を詠み散らすことはなく、世に知られている歌はすべてちょっとした折《おり》節《ふし》のことでも、こちらが恥じ入るほどの詠みっぷりです。

さすがに十歳以上も年上の赤染衛門に対しては、紫式部も忖度したのでしょうか、かなり褒めちぎっています。次の歌は『百人一首』に撰ばれた赤染衛門の歌です。

やすらはで 寝なましものを さ夜更《ふ》けて かたぶくまでの 月を見しかな

訳 ためらわずに寝てしまえばよかったものを、あなたが来ると信じて待つ間に夜が更けてしまい、山に沈む月（夜明けの月）を見てしまいましたよ。

実はコレ、赤染衛門が妹に頼まれて代作したものなのです。平安時代においては、歌が上手い人が苦手な人の代作をしてあげるのは、ごく普通にあることでした。

それにしても「今夜、会いに行くからね」と約束しておいてすっぽかすなんてひどい男!!……と言いたいところですが、この男はのちに摂政《せっしょう》・関白《かんぱく》・内大臣になる藤原道隆卿《きょう》!! このレベルの男性はモテモテですから、覚悟を決めて付き合わないと痛い目に遭いますね。

ソツなく手堅い「良妻賢母」タイプ

まわりには恋多き女性が多かった中で、**赤染衛門は夫の大江匡衡《おおえのまさひら》とのオシドリ夫婦で有名で、「匡衡衛門《まさひらえもん》」と呼ばれてからかわれたくらい**です。

匡衡は学者肌で真面目、公卿にはなれませんでしたが、赤染衛門は仲良しの夫との間に子供をもうけたあと中宮彰子に仕えて、その後も良妻賢母として穏やかな人生をまっとうしました。

さて、いよいよ次は本命中の本命、清少納言への批評です。お楽しみに〜!!

清少納言——知ったかぶりの恥知らず女

天敵・清少納言!!
徹底的にこき下ろしますわよー
漢字を書き散らすなんて女性の風上にも置けない高慢ちき!!
何が「香炉峰の雪」よ!!
その漢字も浅薄な知識しかないようね
ニャーーッ!
何もいいところなんてないじゃない!!
『枕草子』なんて
ビリービリ
こーしてあーして!!
もちろん本当にそんなことはしませんわよ
オホホホ

和泉式部、赤染衛門と二人の才能ある女房の批評をした紫式部は、いよいよ本丸の清少納言批評へと攻め入《い》ります。紫式部はライバルと称される清少納言をどのように見ていたのでしょうか。

清少納言こそ、したり顔にいみじうはべりける人。さばかりさかしだち、真名《まな》書き散らしてはべるほども、よく見れば、まだいとたらぬこと多かり。

訳 清少納言は、得意顔をして実に偉そうにしていた人です。あれほど利口ぶって漢字を書き散らしているその程度も、よく見れば、まだひどく足らない点がたくさんあります。

いきなり紫式部の本音爆発トーク!! **清少納言へのライバル心がむき出し**です。ここで紫式部が「清少納言は漢字を書き散らしている」と批判するのにはワケがあります。紫式部がまだ幼かった頃のこと、父為時《ためとき》が息子の惟規《のぶのり》（紫式部の弟）に漢文の素読《そどく》をさせている時に、惟規は読み覚えるのに手間取っていたのに、そばにいた紫式部があっという間に聞き覚えてスラスラと暗誦《あんしょう》してみせました。為時は、「残念じゃのう、紫式部が男でなかったのが私の不幸だ」

と嘆いたといいます。**紫式部は漢文を自然に覚えてしまうほどの天才少女**でした。『源氏物語』に引用されている漢籍は、『白氏文集《はくしもんじゅう》』『史記《しき》』など十種以上。

本格的な漢文の素養を持つ紫式部でしたが、漢文を読めることはひた隠しにしていました。というのも、当時、漢文は男性貴族が朝廷の文書など公式の場で使うものであり、女性は政治に関わるべきではなく、「女性には漢文や漢字の知識など不要」というのが社会的な通念だったからです。

仮に漢文が読めたとしても、女性はその知識をひけらかすべきではない、と考えられていました。それなのに清少納言は漢字を利口ぶって書き散らしている。

「ほ～んとに恥知らずな女。どうせ大した漢文の知識もないくせに!! その得意顔、叩き潰してやろうじゃありませんか!!」

……紫式部の清少納言への堂々たる宣戦布告です。

中途半端な「漢文の知識」をひけらかすなんて…！

『紫式部日記』にこんな話が書かれています。

『源氏物語』の内容を聞いた一条天皇が、作者の紫式部を褒めて、「きっと日本紀《にほんぎ》（『日本書紀《にほんしょき》』のこと）をよく読み込んでいる才能のある人に違いないですね」と言ったことから、紫式部は**「日本紀の御局《みつぼね》」**というあだ名をつけられた、と。

あだ名をつけたのはある女房なのですが、「みつぼね」なんて明らかに紫式部をバカにしていますよね。これに対して、紫式部は猛反発。

笑止千万!! 私は誰にも自分の漢文の知識をひけらかしたことなどありません。「一」という字の横棒すら引いていません。

一条天皇の言葉は褒めているようで、本音では女性が漢文を読むことへの揶揄があると考えた紫式部は、大いに恥じ入りました。でも、それは物語の中のことであって、自分から漢文の知識があることをひけらかしたことは一度もないわ、と紫式部は心の中で反論します。それに対して清少納言は、そもそも中途半端な漢文の知識しかないくせに、それを『枕草子』の中で堂々と、しかも自慢げにひけらかしている、そういう軽薄で自己顕示欲に満ちた態度が、紫式部は大キライで許せなかったのです。

「香炉峰の雪」エピソードも突っ込みどころ満載！

たとえば、『枕草子』の中で次のようなくだりがあります。

ある雪の降った日の出来事です。

外は雪が積もって風流な眺めだというのに、定子の女房たちは戸を締め切って火鉢に火をおこし、ぬくぬくとしておしゃべりをしていました。それを見た中宮定子は、「ただ雪見をするのはつまらないから、ちょっと謎かけをしてみたら面白いかも」と思いつきます。

そこで白羽の矢が立ったのが、清少納言でした。中宮定子が、

「少納言よ、香炉峰《こうろほう》の雪はどうでしょうか」

と問いかけると、清少納言は女官に御格子《みこうし》を上げさせて、御簾《みす》を高く巻き上げました。それを見た定子は、

「さすが、清少納言ね」

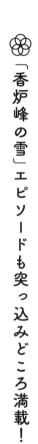

と微笑んだのです。

……紫式部にとっては、書き写すのも気分が悪くなるほどのしょーもないやり取り。**清少納言は鼻高々で書いたものですが、紫式部には突っ込みどころ満載**なのです。

では、丁寧に説明してまいりましょう。

まず、このやり取りを理解するには漢詩の知識が前提となります。

白居易《はくきょい》（白楽天《はくらくてん》）の有名な詩の中に「香炉峰の雪は簾《すだれ》を跳《は》ね上げさせて眺め入る」という一句があり、定子がその一句を使って問いかけると、清少納言は即座にその意図を理解して、御簾を高く巻き上げたわけです。

周りの女房たちは、「さすが清少納言様、女房とはこうあるべきなのね!!　パチパチパチ!!」と大絶賛です。

清少納言の素晴らしさは、ただ詩句を知っていて定子の問いかけを理解しただけではなく、「定子様は雪が見たいのだ」と即座に判断して御簾を上げたことでした。定子は、そんな清少納言の知性と心くばりに対して微笑んだ、というわけです。

『枕草子』に書かれたこのやり取りを読めば、**普通は「なんて知的で素敵なお話でし**

ょう！　さすが教養溢れる定子サロン!!」となるところですが、紫式部に言わせると「ただ利口ぶっているだけで厚顔無恥」となるのです。

清少納言の「成れの果て」もズバリ予言!?

では、清少納言のどこがダメなのでしょう。紫式部に言わせると、

「そもそも白居易のこの詩は、彼が江州《こうしゅう》に左遷された際の詩です。深い悲しみのこもった詩を『雪が見たい』程度のやり取りで使うこと自体、白居易に失礼なのです。定子サロンでは、白居易の漢詩は風流ぶるための装飾品にすぎません。**ただオシャレとして身にまとう程度の漢文の知識を、鼻高々にひけらかすとは恥知らずな!!**」

……さすが漢文の深い知識を持つ紫式部の反論。ぐうの音も出ない完璧な主張です。

大体、清少納言と定子が置かれていた状況は、定子の父道隆の死、道隆の第二子で定子の兄伊周《これちか》の左遷、そして彰子の入内によって追い詰められていたはずなのに、この期《ご》に及んで『枕草子』の中で「をかし」を四百回以上も連発していること自体、現実を直視せず、定子を美化するためだけのただの欺瞞《ぎまん》だ、と紫式部は断じ、こう締め

くくります。

いつも風流ぶっている人の態度は、自然と軽薄で実のないものになってしまうのでしょう。そのような人の成れの果てが、どうしてよいものでございましょうか。

「言霊《ことだま》」という言葉があるように、紫式部の予言は的中します。

定子が亡くなると清少納言は宮仕えを辞して杳《よう》として行方《ゆくえ》は知れず、その後の説話に「鬼の如《ごと》くなる形の女法師」などの落魄《らくはく》話が書かれるようになります。全国各地にある**「清女《せいじょ》伝説」（清少納言伝説）も彼女の悲劇的な最期を語るものばかり**です。

華やかな宮廷の才女であった清少納言のイメージからすると、あまりにも悲しい「成れの果て」のような気がしますね。

とにかく「知識のひけらかし」が癇に障る

ところで、清少納言と恋の噂があった男性として**藤原行成《ゆきなり》**という男性がいます。行成といえば書の達人として有名な「三蹟《さんせき》」※の一人。また、政治家としても有能でした（241ページ参照）。

行成は一条天皇の側近として中宮定子のもとを訪れることが多く、その際、清少納言が取り次ぎ役として応対していました。二人は互いの才能を認め合い、冗談も言い合うような親密な関係だったので「恋人同士では？」と噂されていました。

「遠くて近きは男女の仲」と清少納言は『枕草子』で書いていますから、「近くて近き」なら十分にあり得る話でしょう。

ある晩、二人は例によって話が弾んで朝まで盛り上がったことがありました。ところが、無粋《ぶすい》にも行成は用事があると言って帰ってしまいます。清少納言はガッカリです。

次の日、行成が清少納言に「もっと話したかったのですが、鶏が鳴いたので帰りました」と言い訳を送ってきました。すると清少納言は、「鶏の声っていっても、孟嘗《もうしょう》君《くん》の鶏の鳴き真似でしょ」と送り返します。

これは「函谷関《かんこくかん》の鶏鳴《けいめい》」という中国の故事を元にしたものです。

昔、斉《せい》の孟嘗君という人が、秦《しん》を脱出するために関所の函谷関に差しかかりました。

しかし、一番鶏が鳴かないと門は開きません。そこで部下に鶏の鳴き声の真似をさせたところ、それにつられて本物の鶏たちが鳴きだして朝を告げたため、騙《だま》された門番が門を開け、孟嘗君は無事に秦から脱出できたというお話です。

清少納言はこのエピソードを踏まえて、「私を騙そうとしてもだめよ」とピシャリ。ここでも漢文の知識があることをひけらかした清少納言です。

さらに、自分の詠んだ歌を行成が他の殿上人に見せたことを聞いた清少納言は、恥ずかしがるどころか喜ぶ始末。「自分の歌が行成によって広まることで功名心を満たし、鼻高々になるなんて自意識過剰、最低な女ね!!」……紫式部の気持ちを代弁すると、こんなところでしょうか。

とにかく清少納言のやることなすこと、紫式部の癇《かん》に障《さわ》ることばかりです。

※「三蹟」……能書家として十世紀頃に活躍した小野道風《おののみちかぜ》（通称は「とうふう」）・藤原佐理《すけまさ》（通称は「さり」）・藤原行成の三人を指す。「三跡」とも書く。ちなみに「三筆《さんぴつ》」は九世紀頃に活躍した空海《くうかい》・嵯峨《さが》天皇・橘逸勢《はやなり》の三人を指す。

「私って、我ながら面倒な女…」自己分析もしちゃいます

同僚女房の紫式部評
風流ぶってる
イヤな女
威圧的
人を馬鹿にしてる
近づきにくい
カタ
カタ
さ、最悪じゃない私……
こーなったら
馬鹿な女を演じるしかないわ
ぼけ〜
私、何もできませーん
一気に皆から大好評の紫式部
カワイーー！
素直ーー！
ボケながら生きていくしかないわ

実際に会ったこともない清少納言を、どうして紫式部がここまでこき下ろすのか不思議ですよね。それは、ひとえに中宮彰子のためでした。

華やかだった中宮定子の時代を懐かしむだけならまだしも、いまだに憧憬《しょうけい》する風潮が残っている以上、そのイメージを徹底的に払拭《ふっしょく》し、**もはや彰子の時代になっていることを宮廷中に知らしめることが、自らの役目**だと信じてのことでした。

でも、ちょっとやりすぎかしら、と紫式部は反省します。

そして三人の才女を評し終えたあと、自らにも批判の目を向けます。

「考えてみたら自分は物思いに沈んでばかりのネクラ人間。同僚の女房たちの中にあって、言いたいことがあっても我慢する反面、何かと人の欠点が目について気になるタイプ。嫌いな人とは一緒にいたくないし、それがまた顔や態度に出ちゃうのだから、我ながら面倒な女だわ」

なかなか**的確な自己分析**です（笑）。

これでは他の女房たちに好かれるはずがない。どうやったら職場の皆と仲良くやっていけるのか……。悩んだ末、紫式部が出した答えは、「私、何もできません、知りません、ただのおバカでーす」という**「天然ボケ」の女を演じること**でした。

「高慢ちきな女」から「天然ボケ」に戦略的キャラ変!?

そこで、しばらく「天然ボケ」の姿を演じてみた紫式部。
すると、どうでしょう。同僚の女房たちが口を揃えてこう言うのです。

「あら、紫式部さんって思っていたのと全然違いますのね。今までは、『風流ぶって威圧的、取り澄ましていて近づきにくく、物語大好きなオタク気質、何かと気取って歌を詠んで人を馬鹿にし、憎らしげに人を見下すお高く止まったイヤな女に違いない』と、皆で噂しては、あなたのことを毛嫌いしていたのよ。それが実際会ってみたら想像と違っておっとりした方、天然ボケでいらっしゃるのね」

……絶句。
これには紫式部もびっくり仰天（いや、わたくし和泉式部もびっくりです）。
ここまで自分が悪印象だったとは……（涙）。先ほどの自己分析なんて甘い甘い。

十個以上の悪口ワードがずらりと並んでいます。

そう、紫式部は『源氏物語』を書いて道長に認められた才女。たいして身分も高くないくせに高慢ちきな女に違いないと女房たちに思われ、敬遠されていたのです。

紫式部は、穴があったら入りたいくらい恥じ入ります。

そして、「天然ボケ」を演じて、皆から嫌われることなく好印象になるのなら、演技ではなくこの**「天然ボケ」こそを自分の本性にしよう!!と心に決めました。**

すると中宮彰子までも、「こんなに貴女と打ち解けて仲良しになれるとは思っていませんでしたわ」と声をかけてくれて、心を開いてくれるようになったのです。

もう、万歳三唱も四唱もしたい気分の紫式部です。

あとは継続あるのみ!!

小姑《こじゅうと》と化している上臈《じょうろう》の女房（85ページ参照）たちにも嫌われないよう「ボケ～ッとする」努力をし続ける紫式部でした（笑）。

ここで紫式部は、女性としてどうあるべきかを語ります。

・穏やかでゆったりしている人は、品位も風情もあってよろしいですわ。

・色っぽく移り気であっても、素直で付き合いやすい人ならＯＫ。
ここまでは普通なのですが、次第に言葉が刺々《とげとげ》しくなってきます。
・憎らしいことや、良くないミスをした人は嘲笑していいわ。
・自分に辛く当たる人には、辛く当たり返すのが当然よ。
おっと、厳しい意見です。「ただし……」と紫式部は使用上の注意をつけ加えます。

「面と向かってひどい言葉を投げつけたり、睨《にら》み返したりするのはＮＧ。心の中で怒りは煮えたぎっていても、表面上は穏やかなまま上手に倍返ししましょうね」

怒る時でも公家《くげ》女子たるもの、「思慮分別《しりよふんべつ》」と「品格」が大切だと説く紫式部です。

「今なら出家できるかも？　でもまだ現世に未練が…」

ハイになって厳しいことを書き連ねた紫式部ですが、一転して弱気になります。

「世の中の厭《いと》わしいことは、何も心に留まらなくなってしまいました。今なら出家して仏道修行に精進《しょうじん》できる自信があります。

出家をしてもよい年頃になってきました。これ以上老いぼれてしまうと、目がかすんでお経も読めなくなり、心も愚鈍《ぐどん》になっていくばかりでしょう。

ただ、どうしてもまだ現世に未練があって出家をためらっています。

私のような罪深い人間は、出家の志がかなうとは限らないでしょう。前世の宿業《しゅくごう》の拙《つたな》さが思い知られ、何事につけても悲しゅうございます」

出家を決意しつつも、なお俗世《ぞくせ》を離れられない矛盾を抱えて悩み続ける姿は、『源氏物語』でも描かれています。

・光源氏のたび重なる浮気や不安定な身分に悩んで出家願望を抱く**紫の上**《むらさきのうえ》（でもそれを許さない光源氏）。
・光源氏との不倫の末、男児（のちの冷泉帝）を出産するという不義密通の罪を犯してしまい、色々悩んだ末に出家する**藤壺**《ふじつぼ》。

・最愛の紫の上を失ったショックで、出家を考えながら過ごす晩年の**光源氏**。
・三角関係に悩んだ末に自殺未遂をし、その後若くして出家した**浮舟《うきふね》**。

『源氏物語』のテーマの一つとして、「現世は苦界《くがい》」という人間の宿命的苦悩にどう立ち向かうか、ということがあります。一つの解決策として「出家」の道がありますが、それすらたやすくできるものではないことを、紫式部は日記の中で嘆きます。

本当に「生きる」って、それだけで大変なことですね……。鬱《うつ》モードの紫式部です。

教えて、和泉式部!!
短かった公家女子の人生

平安時代の**公家女子は室内生活が中心で、ほとんど外に出ない不健康な日々**を送っていました。疫病の流行などに関しても、僧侶や陰陽師《おんみようじ》によるお祓《はら》いや祈禱に頼るばかりで、なんら科学的な施策は打たれません(この時代だから当たり前なのですが)。
さらに、女性には出産という人生最大の難事が待っていました。乳幼児の高い死亡率はもちろんのこと、出産前後の妊婦の死亡リスクも現代に比べるとはるかに高かったこの時代、多くの女性と子供が命を落としました（涙）。

こうしたことから、当時の**公家女子の平均寿命は四十歳前後**といわれています。男性貴族の平均寿命も六十歳に達していなかっただろうと推測されています。そんな時代ですから、生命のもろさ、はかなさに対する感傷があるのは当然のこと。流行していた浄土教的《じょうどきょう》な「厭離穢土欣求浄土《おんりえどごんぐじょうど》」（穢《けが》れた現世を厭《いと》い離れたいと願い、平和な極楽浄土を欣《よろこ》んで乞い求める）の思想と結びついて、多くの貴族が出家願望を持ちました。

紫式部が『紫式部日記』や『源氏物語』の中で放つ、**ため息にも似た「あはれ」という言葉には、悲傷哀愁《ひしょうあいしゅう》の想い**が詰まっています（『源氏物語』の中で「あはれ」という言葉は実に九百四十四回使われているとされます）。

この時、紫式部は四十歳前後、もはや晩年の心持ちで日々を送っていたのでしょう。「出家したいわ〜」という気持ちは、偽らざる本音だったのです。

ため息交じりの「心情吐露」

このあと、紫式部は「消息文」を終わる宣言をします。

「良い事も悪い事も残らず申し上げました。でも、この手紙が万一、人目に触れるようなことにでもなったら、ほんとうに大変なことになるでしょう。この手紙をご覧になったら、早くお返しください。

世間の人がどう思うかを心配しながら書くこと自体、まだ我が身がかわいいのですね。我ながらいったい、どうしようというのでしょうか……」

ため息交じりの終了宣言です。紫式部はこの「消息文」（手紙）を誰かに送るつもりで書いたわけではなく、記録としての日記を離れて心情を吐露するために「消息文」の形を借りたのでしょう。

このあといくつかの断片的な記事が書かれ、突然一〇一〇年正月の記事へと飛びます。このあたりの構成は唐突な感じが否めないため、紫式部本人が意図したものか、偶然紛れ込んだのか、それとも誰かが差し込んだのか、疑問が残るところです。

やや「尻切れトンボ」気味に閉じられた日記

『紫式部日記』もいよいよ最後の記事に向かいます。

一〇一〇年正月十五日に、前年の十一月に年子で生まれた彰子の第二子敦良《あつなが》親王の**生後五十日を祝う誕生会（五十日《いか》の祝い）**が催されました。

この日の紫式部は準備万端整えて、明け方にはすでに参上していました。一方、部屋の間仕切りを取っ払って一緒に生活している親友の小少将の君は遅刻。

かつてののんびり構えすぎて遅刻しそうになった頃（67ページ参照）に比べると、紫式部は女房としてずいぶんと成長したものです。

お昼頃、中宮彰子のところに二人で参上した紫式部は、居並ぶ他の女房たちの衣装を事細かく観察して描写するとともに、「私の着物はちょっと派手で若々しすぎたかしら」などと、**自分を客観視するほどの余裕**も出てきています。

御帳台《みちょうだい》の後ろに控えて会の様子を観察する紫式部。ポジション取りも完璧です。

敦良親王の生後五十日を祝う誕生会は、豪華で立派なものでした。

一条天皇と中宮彰子の様子には惚れ惚れするばかり。二人の子供に恵まれた彰子の姿は、まさに国母《こくも》のような輝きを放っています。

左大臣道長を筆頭にずらりと居並ぶ公卿たちと、それに次ぐ貴族の方々の様子はまさに絵に描いたような美しさ。もう言葉にできない素晴らしさです。

おめでたい音楽を奏でる管絃《かんげん》が始まると、宴《うたげ》のボルテージは最高潮に。

その時、右大臣が酔って御膳のお盆を壊してしまうという失態を演じたものの、それもご愛敬。最後に道長から一条天皇へ、横笛の「歯二《はふたつ》」という天下の名器が贈られたところで『紫式部日記』は終わっています。

ちょっと唐突で尻切れトンボ的な終わり方をしているような気がしますが、一本締めの感じで、これにて『紫式部日記』はオシマイです……。

教えて、和泉式部!!

紫式部の衣装は色鮮やか

紫式部が自分の衣装について日記の中で語るのは、敦良親王の生後五十日を祝う会の記述が初めてのことです。

紅梅重《こうばいがさ》ねの袿《うちき》に萌黄《もえぎ》重ねの表着《うわぎ》、柳《やなぎ》重ねの唐衣《からぎぬ》で、裳《も》の摺《す》り模様なども当世風で派手。

紫式部が記している「紅梅重ね」(「重ね」とは、表地と裏地に違った色を用い、薄い絹地に透ける微妙な色合いを演出するもの)などは、どんな色なのでしょうか。

・紅梅重ね……表は紅、裏は蘇芳《すおう》(黒味を帯びた赤)
・萌黄重ね……表裏ともに萌黄(鮮やかな黄緑色)
・柳重ね……表は白、裏は淡い青

カラーでお見せできないのが残念なのですが、なんとなく想像してみてくださいね。
紫式部はこの色の組み合わせを派手だと思ったようです。でも中宮彰子の衣装は、こんなものではありません。

いつもの紅の単衣《ひとえ》に、プラスして紅梅・萌黄・柳・山吹《やまぶき》重ねの袿、その上には葡萄《えびぞ》染めの綾織《あやおり》の表着、さらに紋様も色合も珍しく当世風な柳襲《がさね》の上白《うえしろ》の小袿《こうちぎ》をお召しになっておられる。

……まさに十二単《じゅうにひとえ》の様相を呈しています。紫式部の衣装にプラスして、黄、赤、紫などの色が加わっています。本当に息を飲むほどの素晴らしい色目です。でも主役はこれぐらいでなきゃ！

教えて、和泉式部!!

華麗な装束、その名も「十二単」

平安時代の公家女子の装束には、次のようなものがありました。

- 裳《も》唐衣《からぎぬ》……正装
- 小袿《こうちぎ》……準正装
- 袿袴《けいこ》……日常着（「うちきはかま」とも）

公家女子の正装「十二単」

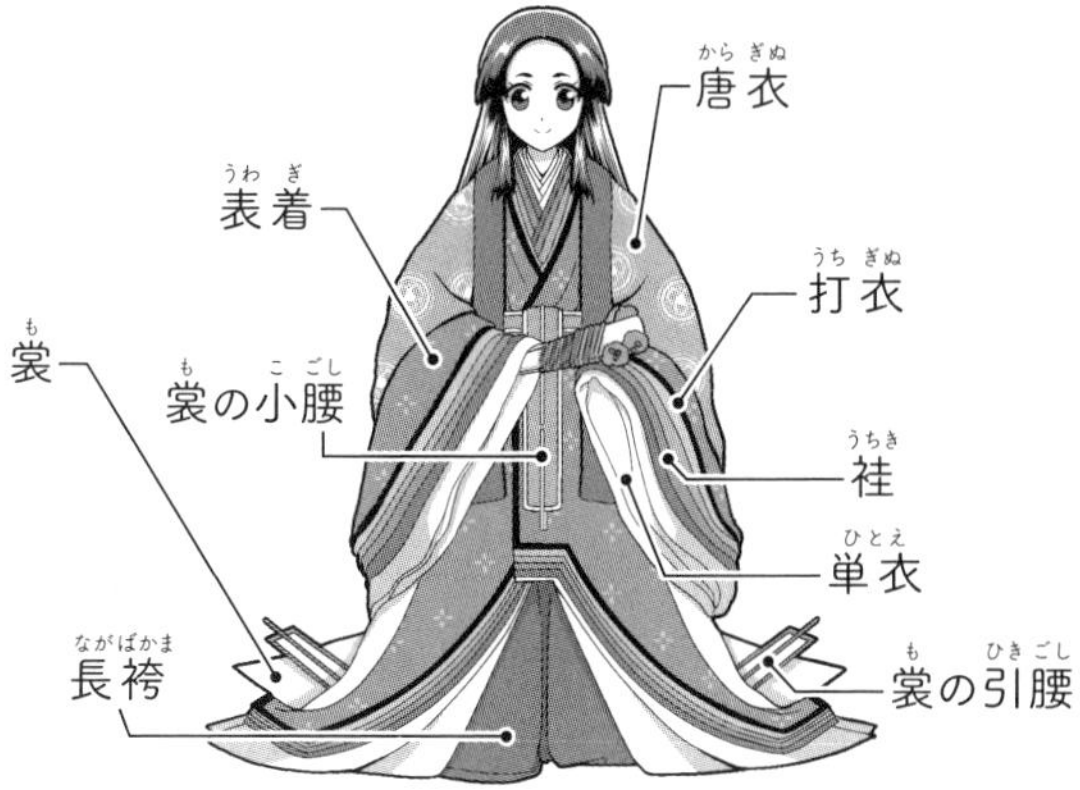

唐衣《からぎぬ》
表着《うわぎ》
打衣《うちぎぬ》
裳《も》
裳《も》の小腰《こごし》
袿《うちき》
単衣《ひとえ》
長袴《ながばかま》
裳《も》の引腰《ひきごし》

このうち正装の「裳唐衣」は「女房装束」「宮廷装束」とも呼ばれ、のちに**「十二《じゅうに》単《ひとえ》」**と呼ばれるようになりました。これは十二枚重ねて着るわけではなく、「多くを着た」という程度の意味です。

十二単は全部合わせると二十キログラムほどもあり、着て動くのはとても大変でした。まあ、あまり激しく動くような所作は、なかったといえば、なかったのですが。

着方としては、まず素肌の上に**「長袴《ながばかま》」**をはき、その上から**「単衣《ひとえ》・袿《うちき》（五衣《いつつぎぬ》）・打衣《うちぎぬ》・表着《うわぎ》」**を順に重ねて、最後に**「唐《から》衣《ぎぬ》」**を着て**「裳《も》」**※を付けます。このうち、「袿」は多い時で十数枚重ねて着ましたが、平安時代末期には五枚に落ち着き、「五衣」と呼ばれるようになりました。

身分に応じて着ている色や文様が違い、また「禁色《きんじき》」と呼ばれ、着てはいけない色があり、禁色を使う時には天皇の許可が必要でした。

四季に応じた彩りを装束に取り入れ、配色の組み合わせの美しさで「かさね※」の色目《いろめ》を表現するところに、当時の公家女子たちは心を砕きました。春の色だけで二十種類以上の組み合わせがありました。「梅」「若草」「萌黄」「柳」「桜」「菫《すみれ》」……。

書いていて、これほど心がウキウキするものはありません。**かさねの色目を選んでいる時こそ、女房冥利《みようり》を感じる瞬間**といえますわ。

※「裳」……腰から下の後方だけにまとった服。腰に当てる固い部分を「大腰《おおごし》」といい、その左右から分かれて左右脇から後ろ下に引くものを「引腰《ひきごし》」、また大腰の左右から出て前に垂らす紐を「小腰《こごし》」という。

※「かさね」……「かさね」には、表地と裏地での「重ね」の他に、重ね着の組み合わせの「襲《かさね》」、織り方による「かさね」もあった。

4章

『紫式部日記』が書かれた時代って？ の巻

……「藤原氏の歴史」をたどると、
さらに面白くなる！

藤原北家の「熾烈な勢力争い」が『紫式部日記』を生んだ？

『紫式部日記』とその時代を理解するためには、平安時代中期に藤原北家《ふじわらほっけ》によって全盛を極めた「摂関《せっかん》政治」のことを知っておかなきゃ、ということで、**藤原北家が政権の中枢を担うまでの歴史**を、ざっとたどってまいりましょう。

わたくし和泉式部が、なるべくわかりやすく説明しますから、寝ないで最後までついてきてくださいね（笑）。

72ページでも説明したように、藤原不比等《ふひと》の四人の息子たちは「南家《なんけ》」「北家」「式家《しきけ》」「京家《きょうけ》」と分かれ、その中から北家が台頭していきます。美味しい魚の「ほっけ（𩸽）」じゃなくて、不比等の次男坊房前《ふささき》を祖とする「ほっけ（北家）」です（笑）。

他氏・他家を圧倒したやり方は、「他氏排斥《はいせき》」と「外戚政策《がいせきせいさく》」です。

「他氏排斥」とは、ライバルや都合の悪い人物を謀反《むほん》の疑いで罪に問い、追い落としていくこと（ほとんどが冤罪《えんざい》!!）。北家の良房《よしふさ》による、伴氏《ともうじ》・橘氏《たちばなうじ》の排斥や、同じく北家の時平《ときひら》によって大宰府《だざいふ》に左遷された菅原道真《すがわらのみちざね》の例などが有名ですね。

冤罪を晴らせず失意のままこの世を去った道真は、怨霊《おんりょう》となって時平を呪い殺し、洪水、長雨、干ばつ、果ては伝染病などの変異を起こしたんですって！「学問の神様」と呼ばれる道真ですが、怖いですねぇ。

「外戚政策」とは、自分の娘を天皇に嫁がせて天皇の親戚になることで、娘が天皇の男児を産み、その子が次の天皇になれば、天皇の外祖父《がいそふ》（母方の祖父）になって権力の座につくことができるという仕組みのこと。

とにかく**娘を天皇に嫁がせて、男児を産ませ、次の天皇にする!!**

これがと〜っても大切だったのです。悲しいかな、娘は完全に政治の道具です。天皇が幼い間は外祖父が**「摂政《せっしょう》」**となって政治を代行し、天皇が成人してからは**「関白《かんぱく》」**として天皇をサポートする形で政治を牛耳《ぎゅうじ》る、というおいしいカラクリです。

八六六年、北家の良房が人臣《じんしん》初の摂政となって以降、その子孫たちが摂関を独占するようになりました。世にいう「藤原氏（北家）による摂関政治」です。

他氏排斥コンプリート後の「骨肉の争い」

九六九年に「安和《あんな》の変」※が起き、これにより藤原氏の他氏排斥が完了しました。**これ以後は藤原北家同士の争いに突入**していきます。九八四年に花山《かざん》天皇が十七歳で即位すると、藤原北家の三人が骨肉の争いを繰り広げていきます。

◎関白頼忠《よりただ》
○右大臣兼家《かねいえ》
▲蔵人頭義懐《くろうどのとうよしちか》

失礼を顧みず言わせていただくと、本命◎関白頼忠、対抗○右大臣兼家、そ
穴▲蔵人頭義懐というところかしら。

※「安和の変」……九六九年、右大臣藤原師尹《もろただ》らが、源満仲《みなもとのみつなか》の密告を利用して左大臣源高明《たかあきら》（醍醐《だいご》天皇の子）らを皇太子廃立《はいりゅう》の陰謀があるとして追放した事件。

花山天皇の「好色趣味」が歴史の歯車を動かした

ところが、**風雲急を告げるコトが起きました。花山天皇の女性問題です。**

花山天皇は好色漢で有名で、即位の日に皇位継承の象徴でもある高御座《たかみくら》（玉座）に美しい女官を引き入れたり、自分を育ててくれた乳母《めのと》の娘や、そのまた娘（つまり乳母の孫）にまで手を出して、二人とも妊娠させてしまったりしたのです。

もう、天皇だけど遠慮なく言わせていただくわ、サイテーッ!!

そんな女好きの花山天皇が、藤原為光《ためみつ》の娘忯子《しし》を見初《みそ》めて猛烈に好きになり、自分の女御《にょうご》にしたいと望みました。

忯子と為光は絶対に断りたかったのですが、**忯子は天皇の側近である蔵人頭義懐の義妹**だったので、花山天皇は義懐に命じて為光を説得させ、娘の忯子を入内《じゅだい》させることに成功したのです。

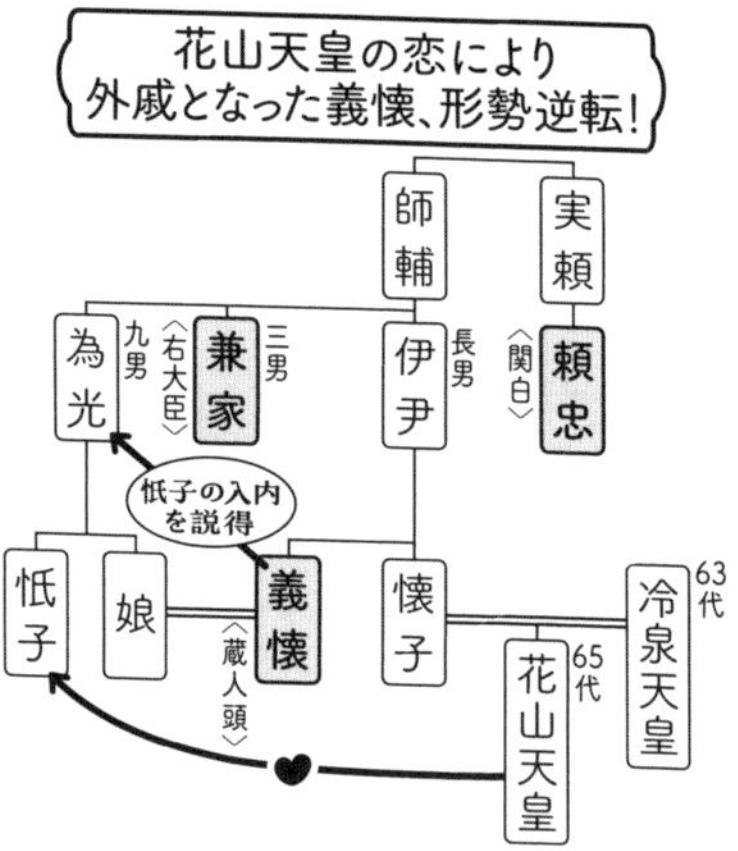
花山天皇の恋により
外戚となった義懐、形勢逆転！
実頼
師輔
頼忠
〈関白〉
長男
伊尹
三男
兼家
〈右大臣〉
九男
為光
忯子の入内を説得
63代
冷泉天皇
65代
花山天皇
懐子
義懐
〈蔵人頭〉
娘
忯子

忯子からしたら姉のダンナさんである義懐の頼みなので断り切れませんでした。

「やった～、美人の忯子ちゃんを手に入れたぞ。よくやった義懐!!」

大喜びの花山天皇。一方、義懐も花山天皇に恩を売れてラッキー!!

このこともあってか義懐は、権中納言《ごんちゅうなごん》へと昇進しました。棚から牡丹餅《ぼたもち》とはこのこと。義懐は花山天皇の補佐役として革新的な政策を打ち出していきましたが、ちょっと調子に乗りすぎ……関白頼忠との間に軋《あつ》轢《れき》が生じてしまうのです。

道長の父・兼家はかくして権力を手中に収めた

忯子ちゃ〜ん、なんで死んじゃったの
もう出家したい〜
花山天皇
出家のお供をいたします
ウソだよーん
ありがとー、道兼
藤原道兼
花山天皇出家姿に…
父に挨拶しに帰らせていただきます
騙したな道兼!!
ヒキョーものっ!!
一条天皇即位
藤原兼家
フハハハ、わしの天下じゃあ〜
摂政

頼忠VS.義懐

三《み》つ巴《どもえ》だった構図が、二人の戦いの図式に……これに待ったをかけたいのが兼家です。三十歳近く年下の甥っ子義懐に負けるわけにはいかない。

「なんとかせねば」

……焦る兼家にチャンスが訪れました。

花山天皇の寵愛《ちょうあい》を一身に受けた忯子はすぐに懐妊しましたが、出産を前に十七歳の若さで死去してしまいます（本当に妊娠、出産は命がけです）。

ショックを受けた花山天皇は絶望し、出家したいと言い始めました（意外に一途……）。

花山天皇に出家されると後ろ盾を失ってしまう義懐は、必死に押し留めます。

一方、兼家にとっては好都合、「どうぞどうぞご出家なさってください!!」。

花山天皇が出家して懐仁親王《やすひとしんのう》（のちの一条《いちじょう》天皇。彰子《しょうし》サマが入内した方ですね）が即位すれば、外祖父にあたる兼家は、義懐も頼忠も追い落として摂政の地位を手に入れることができます。

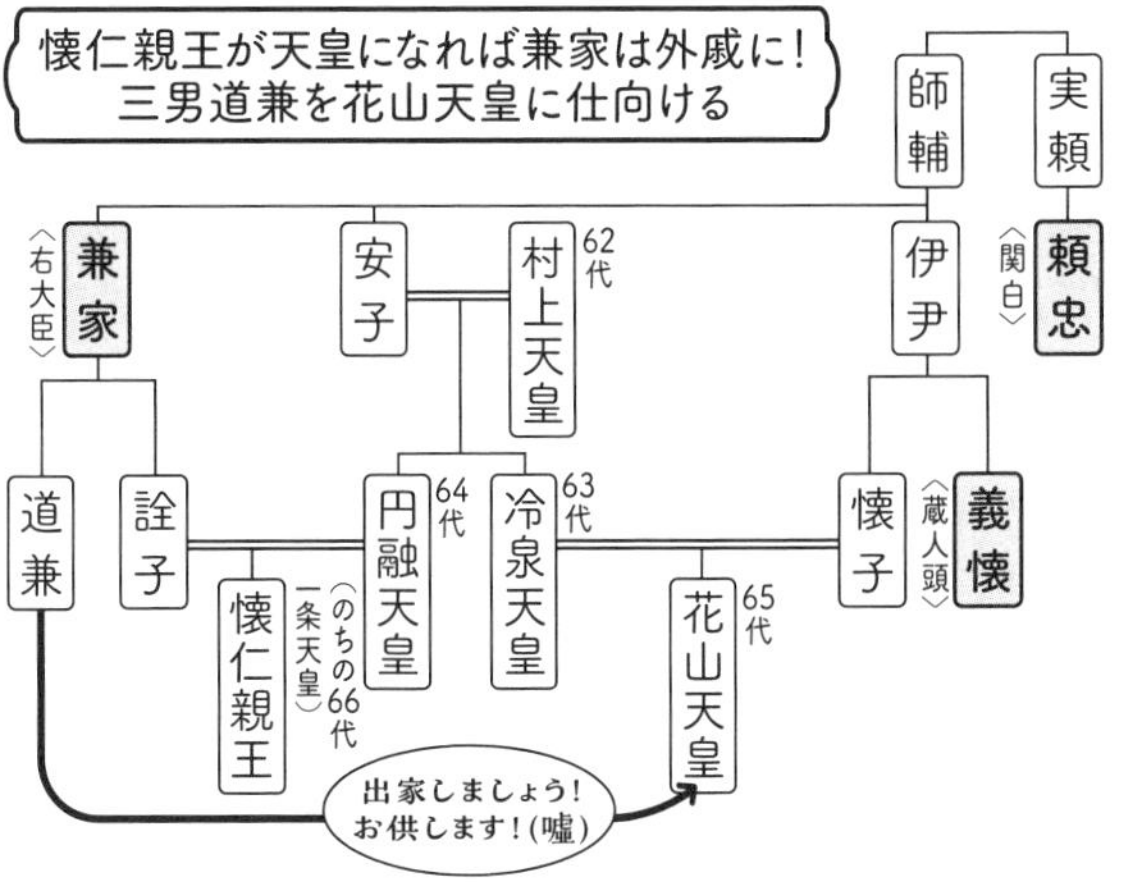

「一石二鳥、いや一石三鳥だ!!」

謀略! 失意の花山天皇に出家話を持ちかけ…

ここが勝負所と見た兼家は、天皇の側近として仕えていた**三男道兼《みちかね》を使って花山天皇に出家話を持ちかけさせます。**父兼家の命を受けた道兼は、寵姫《ちょうき》を失って悲しみに暮れる花山天皇を慰《なぐさ》めるフリをしながら、

「お気持ちはわかります。私も出家いたしますので、一緒に忯子様の供養をいたしましょう」

と、嘘八百を並べ立ててその気にさせま

した。なんてズルいのでしょう!!

九八六年六月二十二日夜、道兼は花山天皇とともにひそかに内裏《だいり》を出て、山科《やましな》にあるお寺に向かいました。ところが愛する忯子からもらった手紙を忘れたことに気づいた花山天皇は、取りに帰ろうとします。

それを見た道兼は大慌て。**「この機を逃すと出家できませんぞ!!」**と嘘泣きして、**強引に天皇をお寺まで連れていきました。**

そして、花山天皇は無事に出家の儀式を終えたのです……。

「騙し通して花山天皇を出家させた。やったよお父さん!!」（道兼の心の声）

道兼は花山天皇が落飾《らくしょく》したのを見届けると、とたんに態度を豹変《ひょうへん》させます。

「出家する前の最後の姿を父に見せたいのです。そういえば出家の理由もまだ言ってなかったなぁ。すぐに説明しに戻らなきゃ」などと言って寺を抜け出し、そのまま逃げ去ったのです。ここに至って花山天皇は道兼に欺《あざむ》かれたことにようやく気づき、「私を騙したのだな」と言って泣いたものの、もう後の祭りです。

一方、内裏は大騒ぎ。行方不明になった花山天皇を捜し回った義懐は、やっとのことで天皇を見つけたものの、すでに出家姿となっていました。

「やられた!!」……義懐は兼家たちに謀《はか》られたことを知りました。

見事な作戦、騙し討ち。でも勝てば官軍です。

花山天皇の出家に伴い、**七歳だった懐仁親王が一条天皇として即位**し、花山天皇は太上《だいじょう》天皇となりました（出家後も女漁《おんなあさ》りは続くよどこまでも……懲《こ》りない男）。

義懐は敗北を認めてその場で出家し、頼忠も関白を辞しました。**兼家が摂政となって三人の政争は兼家の完全勝利**に終わりました。これを「寛和《かんな》の変」といいます。

最強メンタル王・兼家の「ウルトラ美人妻」

権謀術数を駆使して摂政まで上り詰めた兼家は、政治家としてはとても優秀でしたが、『蜻蛉《かげろう》日記』の作者、**藤原道綱母**《みちつなのはは》の夫としては、ただの浮気者。

道綱母はウルトラ美人かつ和歌が上手かったので、兼家は結婚した当初、彼女にゾッコンでした。しかし、道綱が生まれたあたりから兼家の浮気が始まります。

疑はし　ほかに渡せる　文《ふみ》見れば　ここやとだえに　ならむとすらむ

訳 疑わしいわ。他の女にお渡しになる手紙を見ると、私のところへはもうおいでにならないおつもりなのですね。

兼家が浮気している女性に出そうとしていたラブレターを見つけた道綱母が、その手紙の片隅に書いたという和歌です……これはけっこう怒ってますね、怖いです。「兼家にはもともと正妻がいて、そのうえ私がいるのに、さらに別の女まで!!」

一夫多妻制とはいえ、**兼家の浮気に振り回される道綱母の苦悶する様子**が『蜻蛉日記』からはひしひしと伝わってきます。

当時の結婚形態は「妻問婚《つまどいこん》」なので、夫が妻のもとに通う形を取っていました。浮気がバレた兼家は、道綱母を訪ねても家に入れてもらえないなど冷たい態度を取られましたが、ここで反省して態度を改めるような殊勝《しゅしょう》な男ではありません。

道綱母の恨み節を「浮気は男の甲斐性《かいしょう》さ～」と、軽くスルーして浮気を続けました。さすが骨肉の争いを制した最強のメンタルの持ち主、タフネス兼家です。

プライドの高い道綱母は嫉妬に狂い、兼家との仲は冷めていくばかり。ついに夫婦の関係は壊れてしまいました。でも、いざという時には兼家は頼りになる男。「とことん嫌いにはなれない」……揺れる女心は複雑です。

ところで、道綱母と紫式部の母は、いずれも藤原北家の長良《ながら》の子孫なので、**道綱母と紫式部は遠い親戚**にあたりました。紫式部は道綱母の書いた『蜻蛉日記』を読んで、その影響を受けていたようです。光源氏の浮気癖は、兼家がモデルなのかもしれませんね（嫉妬深い六条御息所《ろくじょうのみやすんどころ》は、道綱母がモデルの可能性大です）。

教えて、和泉式部!!　「妻問婚」とは？

平安時代は**「妻問婚《つまどいこん》」**が一般的な婚姻形態でした。**「通い婚」**ともいいます。

当時、結婚するためには男性が女性のもとに三日間連続して通う必要がありました。

そして三日目の夜に、女性の家で作った餅を男女が食べる儀式**「三日夜餅《みかよのもちい》（三日の餅）」**が行われ、それを経て夫婦として認められたのです。

餅には神聖な霊力があると信じられていて、三日夜餅は食いちぎらないで三つ食べるのが作法でした。「食いちぎらない」のは「離婚しないように」という願いを込めてのこと、「三つ」は通っていた「三日間」を意味していました。

その時、または一、二日後に婿《むこ》は舅《しゅうと》と姑《しゅうとめ》以下嫁側の家族と対面し、披露の宴が催されました。これを**「露顕《ところあらわし》（所顕）の式」**と呼びます。

「妻問婚」では夫婦は同居せず、夫が妻の家に通うのがスタンダードで、子供は妻の家で育ちました。だからこそ、**母権の強い婚姻形態で、財産は娘が相続するなど、女系社会の家族形態**でした。

ただし問題がありました。妻から夫に会いに行くことはできなかったため、妻は夫が会いに来てくれるのを待つしかありません。夫の愛情が冷めてくると、次第に妻のところに通う回数が減り、それは**「夜離《よが》れ」**と呼ばれました。

悲しいかな、当時の女性が夜離れしていく夫への恨み辛みを詠んだ歌がたくさん残っています。待てど暮らせどあの人は来ない……キーッ、もう許さないんだから!!

天下到来！　兼家の子供たちの「華麗なるプロフィール」

実は兼家が道綱母と結婚した時、兼家にはすでに時姫《ときひめ》という正妻がいて、二人の間には息子が三人（道隆《みちたか》・道兼・道長《みちなが》）、娘が二人（超子《ちょうし》・詮子《せんし》）いました。道綱母は

兼家は一家総出で権力争いを制した

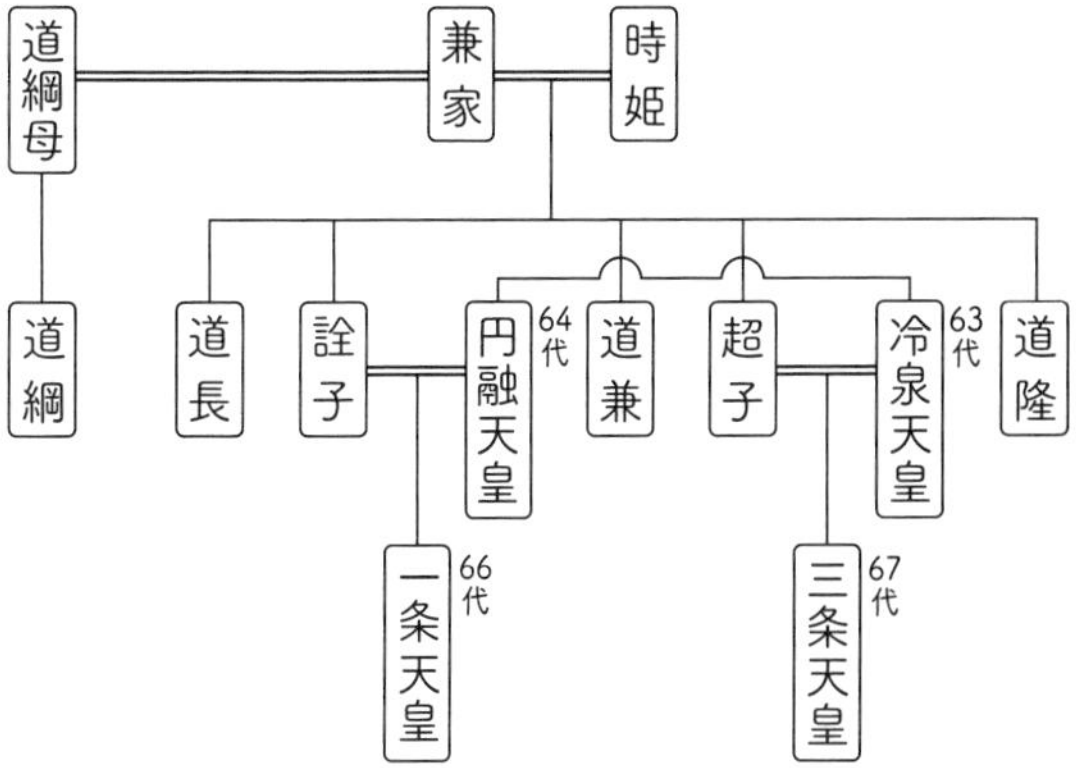

道綱母
兼家
時姫
道綱
道長
詮子
64代
円融天皇
道兼
超子
63代
冷泉天皇
道隆
66代
一条天皇
67代
三条天皇

時姫のことをライバル視していましたが、時姫は五人の子供を産んで体を壊し、兼家が摂政になる前に亡くなってしまいました。

時姫の残した五人の子供たちはそれぞれ出世します。もちろん、それは兼家の力が大きく働いていました。

まず、長女の**超子**は冷泉《れいぜい》天皇の女御となり、のちの三条《さんじょう》天皇を産みましたが、その即位を見ることなく早世してしまいます。

次女の**詮子**は次の天皇、円融《えんゆう》天皇の女御となり、のちの一条天皇を産んで国母《こくも》となりました。詮子は重要人物なので、またあとで詳しく述べますね（182ページ参照）。

男の子たちは、花山天皇の出家事件である「寛和の変」で大活躍です。

長男の**道隆**は花山天皇が宮中から消えて大騒ぎになっている間に、皇位継承の証たる三種の神器《じんぎ》のうち神璽《しんじ》と宝剣を東宮御所《とうぐう》へ運び込む役割を果しました。これは一種のドロボーです（笑）。

三男の**道兼**は花山天皇を騙して出家させるという、一番重要な役割を果たしました。

五男※の**道長**は花山天皇の失踪《しっそう》を関白頼忠に報告する役割を果たしました。

一家の男子総出で勝負に出た「寛和の変」は見事に成功し、一条天皇が即位します。そして兼家が摂政になると、道隆も道兼も道長も、それぞれ急速に昇進していきました。**タフネス兼家とその子供たちの天下到来**です。

※「五男」……兼家には時姫以外の女性との間に、次男道綱、四男道義《みちよし》がいた。

中宮定子の父・道隆が「中関白」と呼ばれたワケ

長男の道隆は父兼家が亡くなると、その跡を継いで関白、摂政となりました。ゴリ押しで長男の伊周《これちか》を内大臣に任命するなど、**道隆を祖とする一族「中関白家《なかのかんぱくけ》」の繁栄**

の礎《いしずえ》を着々と築いていきます。

娘の入内で権力の絶頂に立つも無念の死を遂げた道隆

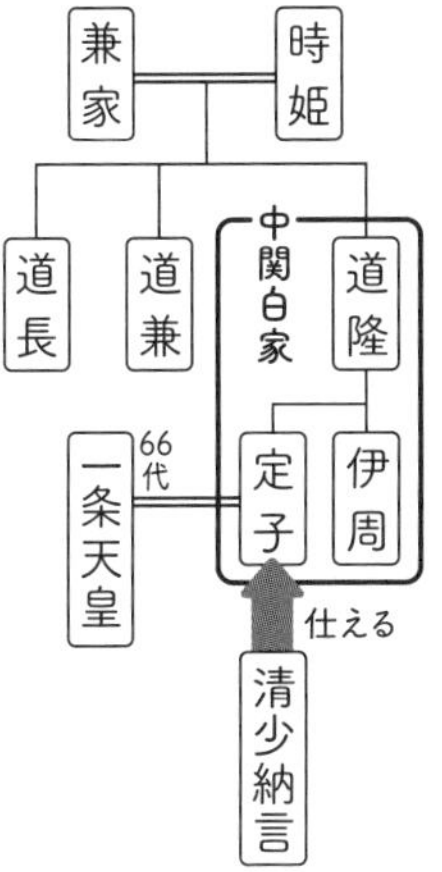

九九〇年、道隆が娘の定子《ていし》を一条天皇に入内させることに成功しました。定子は十四歳、一条天皇は三歳年下の十一歳。

「娘の定子を入内させたぞ。あとは男の子を産んでくれれば万々歳!!」

道隆は中宮《ちゅうぐう》となった定子のために、優秀な女性を女房として何人も雇いました。定子の住む後宮を華やかで洗練された日本一の文化サロンとして作り上げるとともに、一条天皇の寵愛を受けるためです。

この定子サロンの華やかな様子は、清少納言《せいしょうなごん》が『枕草子《まくらのそうし》』にこれでもか～というくらい書いたことは前述しました（116ページ参照）。

しかし、**豪放磊落《ごうほうらいらく》と謳《うた》われた道隆は、喜びすぎて酒の飲みすぎがたたったのか、九九五年に四十三歳という若さで亡くなってしまいます。**死の間際、息子の伊周に関白職を譲ろうとしましたが、それは許されないまま死を迎えました。

実は道隆が「中関白」と呼ばれたのは、兼家と道長との間の**「中継ぎの関白」**という皮肉が込められていたのです（もちろん死後につけられたあだ名）。

お酒の飲みすぎには、くれぐれも注意が必要ですね。

道長いよいよ出走！「七日関白」道兼没後の出世レース

道隆の急死を受けて関白になったのは、その同母弟の道兼でした。

「寛和の変を成功させたのはオレだ」と自負していた道兼でしたが、父兼家の死後、後任の関白に任じられたのは兄の道隆でした。胆力《たんりょく》は道兼のほうが上でしたが、ちょっと傲慢《ごうまん》で自己チューだったのがマイナス評価となったのです。

しかし、道隆が急死し、待望の関白職が道兼のところに転がり込んできました。

「やったぁ～!!」と、大喜びの道兼……ところが、その喜びも束の間、**道兼も関白になって早々、疫病※にかかり、三十五歳の若さで亡くなってしまいました。**世にいう「七日《なぬか》関白《かんぱく》」です。なんとも運の悪いお人です。

道兼は跡継ぎを指名する間もなく急死したので、次の関白を誰にするのかという大問題が発生。実はこの年（九九五年）は道兼だけでなく、公卿の多くが流行っていた疫病のため亡くなってしまい、生き残ったのは定子の兄の内大臣伊周（道隆の長男）と、権大納言《ごんだいなごん》の道長くらいのものだったのです。道長サマ、さすがの生命力です!!

ここで、**「道長 vs.伊周」という叔父と甥っ子の出世争いが勃発**しました。

道長は道隆の同母弟ですが、十三歳年下の末っ子五男坊。兄たちが出世していくのを見ながら、じっと自分の出番を待っていました。

一方、伊周は道隆の長男。二人の年齢差は八歳なので、叔父と甥っ子とはいえ、まさにライバル。次なる関白の座は絶対に譲れない!!

※「疫病」……九九三〜九九五年にかけて「天然痘《てんねんとう》」（「はしか」とも）が大流行し、京都の死者は人口の半分にも達したと推測されている。九九五年の死者は、「納言以上八人、四位七人、五位五十四人」と記録されていて、これは当時の公卿《くぎょう》、殿上人《てんじょうびと》の半数以上に上る数。

道長、前代未聞の栄華へ前進！

ここで、いったん時計の針を戻しましょう。

まだ道隆が生きていた時のお話。道長と伊周との間で、こんなことがありました。伊周が大勢の客を招待し、父道隆の邸内で競射《きょうしゃ》（競べ弓）を催しました。そこに、招いてもいない道長が突然現れたのです。

「何しに来たん？？」……驚いた道隆でしたが、そこは兄としての余裕を見せます。丁重に道長をもてなして、伊周より身分の低い道長に、先に矢を射るよう取り計らいました。

ところが、結果は二本差で道長の勝ち。

「おいおい、空気の読めない奴だ。次は頼むぞ、弟よ」

怒った道隆は、ルールを変更して延長戦を行うという卑怯《ひきょう》な手段に出ました。道長はその意図を察し、心中穏やかではなかったものの延長戦を受け入れました。

「さすがの道長も、今度は道隆様に忖度して矢を外すだろう」

そんな大方の予想をあざ笑うかのように、道長は一本目を射る時、

「我が家から天皇や皇后がお立ちになるなら、この矢よ、当たれ!!」

と言うと、「ズドーン」と見事に的のど真ん中に命中。

それを見た伊周は気後《きおく》れして手が震え、射た矢は見当違いの方向へ飛んでしまいました。

見ると、伊周は顔面蒼白《そうはく》でブルブル震えています。

道長は、さらに二本目で追い討ちをかけます。

「自分が摂政、関白になるなら、この矢よ、当たれ!!」

そう言いながら矢を射ると、的が裂けんばかりの勢いで「ズドーーーーンッ!!」と、またまたど真ん中に当たったのです。

トドメを刺された伊周は完全に戦意喪失。もはや矢を射る力は残っていません。

場はすっかり気まずい雰囲気になりました。道隆は慌てて、「射るな、もう射なくていい」と伊周を止めて、もはや競射会はドッチラケ（ほぼ死語）です。

ここで道長が叫んだ「天皇や皇后※が立つ」「摂政、関白になる」というのは単なるビッグマウスではなく、周到な準備に裏づけられた自信ある発言でした。

兄たちが貴族の娘と結婚したのに対し、道長が妻としたのは皇室の血を引く源倫子《りんし》

（216ページ参照）。彼女の父は倫子を天皇の后《きさき》にしようと考えていたくらいの逸材でした。

ただし、当時の道長にとって倫子は高嶺《たかね》の花。猛アタックしたうえ、倫子の母親に気に入られるというラッキーで、なんとか結婚にこぎつけました。政略結婚とはいうものの、二人は仲睦まじく、六人もの子宝にも恵まれ、それがのちの道長の出世と前代未聞の栄華へと繋《つな》がっていくのです。

豪胆さと深謀遠慮《しんぼうえんりょ》を兼ね備えた道長。彼の時代は、もう目の前まで来ていました。

※「皇后」……皇后は本来、皇族出身とされていたが、藤原不比等の娘光明子《こうみょうし》が聖武《しょうむ》天皇の皇后となってからは、臣下からも皇后になることができた。

母・詮子の「道長推し」に一条天皇は逆らえず…

さて、閑話休題。

“妻と母の板挟み”になった一条天皇は…

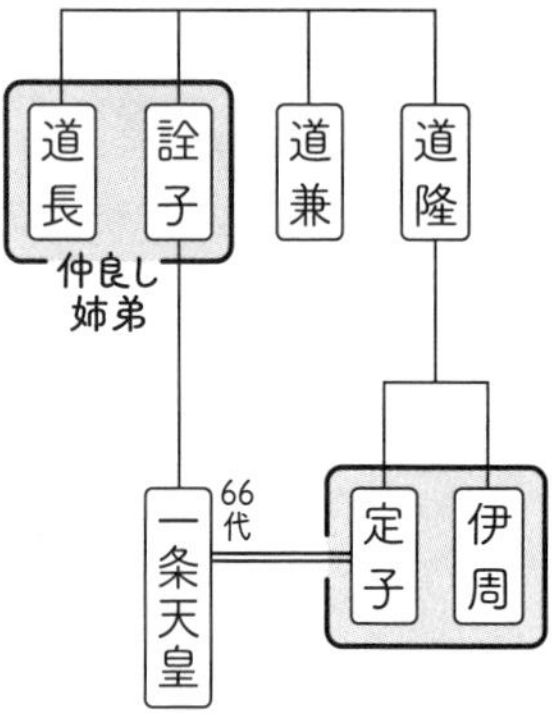

【クイズ】道隆、道兼と、たて続けに亡くなったあと、関白の座は誰の手に？

（ヒント）それを決めるのは一条天皇!!

当時、一条天皇は中宮定子にゾッコンだったので、愛する定子のお兄ちゃんである伊周を関白に任命するつもりでした。

ところが、一条天皇の母親は道長の姉の詮子。彼女は弟の道長のことが大好きで、道長をグイグイ推してきます。

愛する妻の兄伊周か、強くて怖い母の推す道長か。

妻と母の板挟みになった一条天皇は悩みました。

武士の世界なら戦って勝敗を決するのでしょうが、ここはあくまで貴族社会。平和裏に解決せねばなりません……。

結論を先に言うと、道長の勝利に終わりました。

伊周があれこれと裏から手をまわしているのを知った詮子が、息子である一条天皇の寝室に押しかけて、

「関白職っていうのは、長幼《ちょうよう》の序《じょ》を守って任ずるべきなのよ。伊周より道長のほうが年上、かつ叔父なんですからね!! わかってるわよネ!?」

と言って、怒るわ泣くわの大騒ぎ。

母親のムチャ推しに一条天皇は逆らえず、道長を「関白」に任命することに決めましたが、道長は名誉職的な地位である関白に就くのを嫌がったので、代わりに「内覧」[※]を許し、次いで右大臣に任じました。これによって道長は藤原氏一族全体の長者(藤氏長者《とうしのちょうじゃ》)となったのでした。伊周、残念!

※「内覧」……天皇に奏上《そうじょう》される文書を、摂政・関白または内覧宣下を受けた大臣が天皇より先に読んで処置すること。

コラム

国母・詮子は強し!!

藤原兼家の長女の超子が女御として入内した冷泉天皇は奇行が伝えられ、即位後わずか二年で弟の円融天皇に譲位しました。その円融天皇の女御として入内したのが、兼家の次女で道長の姉の詮子でした。

詮子は円融天皇の一粒種《ひとつぶだね》、懐仁親王を産みましたが、藤原頼忠の娘遵子《じゅんし》に中宮（皇后）の座を奪われてしまいます。というのも頼忠は藤原北家の嫡流で関白（160ページ参照）、この時点での力関係は「**頼忠・遵子**＞＞**兼家・詮子**」。詮子はどうすることもできず、歯ぎしりをするしかありませんでした。

それでもなんとか一矢報いたい詮子は、「実家に帰らせていただきます!!」と言い放つと、父兼家ともども里邸《りてい》にこもり、円融天皇からの戻るようにとの、たびたびの要請に対して返事もしないという抵抗をみせました。気が強いですねぇ。

かつて遵子が立后《りっこう》する日、遵子の弟の公任《きんとう》（226ページ参照）が詮子に対して「**こちらの女御（詮子）はいつ立后なさるのかな**」と、得意満面で嫌味を言い放ち、詮子と兼家の恨みを買いましたが、遵子はついに皇子を産みませんでした。

その後、「寛和の変」で詮子の産んだ懐仁親王が即位して一条天皇となり、立場が逆転すると、詮子の女房が公任に対して「**素腹《すばら》の后（子供を産めない遵子のこと）はどちらにおいでで？**」と嫌味の倍返しをしたといいます。

嫌味の応酬もここまでくるとどっちもどっちですが、本当に、言葉には気をつけないといけませんね……。

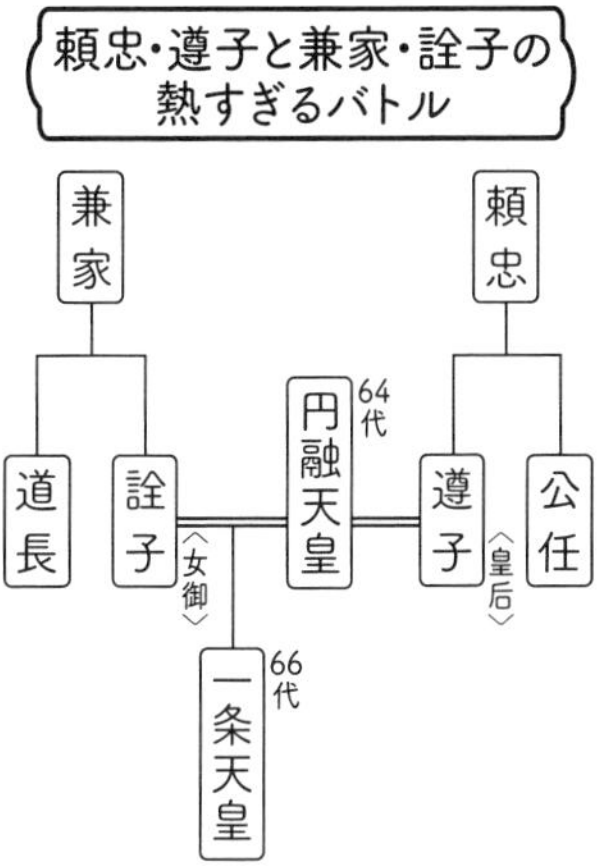

頼忠・遵子と兼家・詮子の熱すぎるバトル
兼家
頼忠
64代
円融天皇
道長
詮子
〈女御〉
遵子
〈皇后〉
公任
66代
一条天皇

ともあれ、詮子は皇太后《こうたいごう》（天皇の母）になり、父の兼家も摂政となりました。

「**頼忠・遵子〈〈〈〈〈〈〈〈兼家・詮子**」となり、形勢大逆転です。

円融法皇が崩御《ほうぎょ》すると、詮子は出家して院号宣下《せんげ》を受け、「東三条院《ひがしさんじょういん》」と称しました。なんと女院号《にょいんごう》の嚆矢《こうし》（第一号）です。ちなみに「女院」とは、皇后や皇太后が出家してさらに尊ばれ、特別に院号を授けられた人のことです。

東三条院と呼ばれるようになった詮子は、一条天皇の治世にあって、国母としてしばしば政治に介入しました。強くて怖い母の力、発動!!

道隆・道兼没後に空白となった関白の座を決めるにあたっては、かわいがっていた弟道長をゴリ推しして藤氏長者としました。結果、伊周はヤケになって事件を起こし（186ページ参照）、一世を風靡《ふうび》した中関白家は没落してしまいます。お～怖い、怖い。

学識豊かな一流の学者で、権勢におもねることのなかった藤原実資《さねすけ》は、日記『小右記《しょうゆうき》』の中で、詮子のことを「詮子が国政をほしいままにしている、けしからん!!」と痛烈に批判していますが、確かに詮子（&道長）のやり方は「無理が通れば道理が引っ込む」の超～強引レベル。

しかし、まぁなんと言われようと勝てば官軍ですし、詮子は気が強いだけでなく信仰心も篤《あつ》く、お寺を建てたり、またライバル方の定子が難産で崩御した際には、残された第二皇女を養育したりする優しいところもあった人です。

いずれにせよ、**詮子なくして道長の栄達はなかった**ことを考えると、（気の強い）姉とは仲良くしておくものですね。

教えて、和泉式部!!

「立后する」って?

皇后は天皇の正妻で定員一名、中宮・女御・更衣《こうい》は側室で定員は多数。公式に皇后を定める立后《りっこう》の儀式を経て、初めて「皇后」と呼ばれるようになります。

ただ、道長が娘彰子をゴリ押しで入内させて以降、二人の皇后が並立(一帝二后《いっていにこう》)する状態が多くなったので、**先に入ったほうを「皇后」、あとに入ったほうを「中宮」**と呼ぶのが定着しました。この場合、皇后と中宮の間に身分や待遇の上下はありません。

一方、**「女御」**は皇后・中宮の下の身分でしたが、平安中期以降、摂関家の娘が女御になることが定着してからは、皇后に立てられる女性も出ました。

「更衣」は女御より地位が低く、天皇の着替え(更衣)の世話をする役目であることからこう呼ばれました。まれに天皇の寵愛を受けて女御に進む例もありました。彼女たちは納言およびそれ以下の家の娘から選ばれました。

紫式部の書いた『源氏物語』の中で、大納言の娘である「桐壺《きりつぼ》の更衣」(光源氏の母)が「弘徽殿《こきでん》の女御」にイジメられたのは、身分の低い「更衣」のくせに天皇の寵愛を受けて出世するのではないか、と恐れられたからです。

ライバル伊周、花山法皇に矢を射かけ自滅!

話を戻しましょう。

道長とのライバル争いに敗れた伊周は、ヤケクソになりました。

「ボクは摂政関白太政大臣《だいじょうだいじん》道隆の嫡男《ちゃくなん》なんだぞ!! あんなショボい叔父に負けるなんてあり得ない~」

あくまで三代目、坊ちゃん気質の伊周です。そんな時、**またまたあの女好きな花山法皇がやってくれました。**

伊周の愛人のところに花山法皇が通っていたのです。

「出家した身でよくもオレの女に手を出したな」……と思ったら、とんだ勘違い。

本当は伊周の愛人の妹のところに通っていたのですが、自分の愛人に手を出されたと思い込んだ伊周は、カッとなって法皇目がけて矢を射てしまいました。あちゃ〜、早とちりです。

伊周はただ脅すだけのつもりだったのですが、矢は法皇の衣の袖を貫通してしまったのですから大ごとです。伊周は、道長との「競射」の話でもわかるように、矢を射るのが下手すぎ……当てなければいけない時に外し、外すべき時に当てちゃうとは。

ともあれ、これは**道長にとって伊周を完全に追い落とすまたとない大チャンス**です!!

花山法皇に矢を射た罪で、伊周は大宰権帥《だざいのごんのそち》に、共謀した弟隆家《たかいえ》は出雲《いずも》（現・島根県）の権守《ごんのかみ》に左遷されてしまいます（長徳《ちょうとく》の変）。これにて**中関白家の没落は確定**しました。

なんとも情けない話……。草葉の陰で道隆サマが泣いていますよ。

ライバルが自滅してくれたおかげで、道長は右大臣に進み、翌年には左大臣の地位を手に入れ、栄華の道を歩み始めたのでした。

彰子入内！前代未聞の「一帝二后」をゴリ押し

彰子を入内させて次の天皇を産ませれば、ワシは外祖父じゃ
藤原彰子
ぐふふ
邪魔は中宮定子じゃのう
どーしたものか…
中宮定子
ラブラブ
一条天皇
そうだ！定子は「皇后」、彰子は「中宮」でいいじゃないか!!
歴史上初の「一帝二后」成立!!
理論武装は行成担当

九九九年、道長は一条天皇のもとに長女の彰子を入内させました。彰子はまだ十二歳でした。

その時一条天皇にはすでに中宮定子がいて、二人の仲はラブラブ。定子は第一皇女の脩子《しゅうし》内親王を出産していました。しかし父の道隆が急死し、兄の伊周も左遷されるなど次々に後ろ盾を失い、流れは道長のほうに傾いていました。

天皇の外戚となりたい道長は、定子を皇后に横滑りさせ、彰子を中宮にし、**歴史上初の「一帝二后」を成立**させてしまいます。超～強引なやり方です。

そのための正当な理由づけ、というより「こじつけ」は藤原行成《ゆきなり》（241ページ参照）が担当しました。

行成は様々な詭《き》弁《べん》を弄し、彰子が立后できるよう理屈をつけて具申したところ、一条天皇は承諾しました。というか、道長の勢力に逆らえず、承諾せざるを得ませんでした。

大喜びの道長は、彰子が入内するにあたり、輿《こし》入《い》れの調度品の一つとして公卿名士たちから募った和歌を書いた屏風を作らせました。

撰者は藤原公任（226ページ参照）、書は行成という超一流メンバー。なんと花山法皇までも御製《ぎょせい》を贈るという豪華さです。

しかし、ここでもアンチ道長の藤原実資だけは、「大臣の命を受けて屏風に書く歌を作るなど前代未聞。そんな下々《しもじも》のすることなど私はやりませぬ」と言って、ただ一人歌を献じるのを拒みました。

実資サマの反骨精神には惚れ惚れしますわ!!

一条天皇と定子の間に「つけ入るスキ」なし!?

道長の期待を背負って入内した彰子でしたが、一条天皇と定子との関係は良好。すでに父道隆という後ろ盾を失って肩身の狭い定子でしたが、一条天皇はそんな定子を愛し続けたのです。しかも彰子はまだ幼い……つけ入るスキはありません。

彰子が入内した九九九年に、定子は二人目の子で一条天皇の第一皇子敦康《あつやす》親王を、そして次の年には三人目の子である第二皇女媄子《びし》内親王を出産しました。

道長は一条天皇に彰子を入内させ「一帝二后」を成立させる

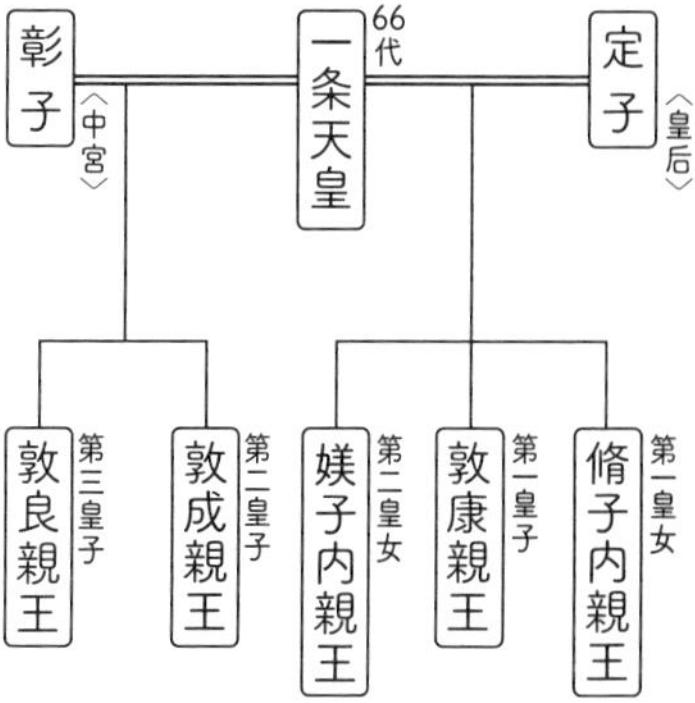

ところが、年子かつ難産がたたり、第二皇女出産直後に定子は亡くなってしまいました。二十四歳という若さ、本当に出産は命がけ……。

ちなみに十月の亥《い》の日に「玄猪《げんちょ》」（「亥《い》の子の祝」）という行事があって、その日に餅を食べると病気を避けられるという言い伝えがありました。猪はたくさんの子を産むところから、特に女性は餅を食べて安産を願ったといいます。

『源氏物語』の中で、光源氏が紫《むらさき》の上《うえ》との結婚の日取りをわざわざ「亥の日」にしているシーンがありますが、それもこうした理由によるのです。

中関白家の栄華は、道隆の死と伊周の事件によってあっという間に崩れ去り、定子の死によって悲しい最後を迎えます。「一帝二后」の期間もわずか一年足らずのものでした。

ただし、理想の女性だった定子が亡くなって傷心の一条天皇は、すぐには彰子のほうに振り向きませんでした。

彰子が懐妊するのは、入内から実に九年も経ってからのことです。

一条天皇の治世は**摂関政治の極盛期**にあたります。一条天皇は道長と協調していたというべきか、内覧（181ページ参照）となっていた道長の傀儡《かいらい》政権だったというべきか、本人に聞いてみたいところです。

一条天皇は温和で学問もあり、風流を解して音楽も堪能でした。そうしたこともあって一条期には、清少納言や紫式部、そしてわたくし和泉式部《いずみしきぶ》や赤染衛門《あかぞめえもん》らによって平安女房文学が花開いたのは事実です。

一条天皇は一〇一一年に三十二歳で崩御《ほうぎょ》しました。

辞世は、道長の日記『御《み》堂関白記《どうかんぱくき》』によれば、次のものでした。

露の身の　草の宿りに　君をおきて　塵《ちり》を出《い》でぬる　ことをこそ思へ

訳 露のようにはかない身が、かりそめに宿ったこの現世にあなたを置いて死んでしまうのは悔やんでも悔やみ切れません。

彰子を残したまま死んでしまうことを、悔やんでも悔やみ切れないという歌です。

しかし、行成の日記『権記《ごんき》』によると、「君」は「定子」であり、「一条天皇は、成仏《じょうぶつ》し切れていない定子を残して自分だけが成仏することを悲しんだのだ」というのです。定子と仲の良かった行成だけに、都合のいい解釈かもしれませんが……。

一条天皇が死の直前、本当に想ったのは「定子」なのか「彰子」なのか……。

ここでは真実を探るという無粋なことは、やめておきましょう。

北家の傍流――紫式部の父・為時の不遇人生

天皇を巻き込んでの藤原北家の内部抗争は、紫式部の父藤原為時《ためとき》の出世にも影を落としました。

勝ち組の藤原北家に属する為時でしたが、同じ北家でも摂関家は良房を祖とする系統でした。為時は良房の弟良門《よしかど》の系統だったので、かなり見劣りします。

摂政・関白・太政大臣が綺羅《きら》星のごとく居並ぶ良房系統に比べて、良門系統はせいぜい殿上人か受領《ずりょう》※階級。一軍と二軍くらいの差がありました。

それでも為時は、花山天皇がまだ東宮（皇太子）だった時代に読書役を務め、東宮が花山天皇になるに伴って六位の蔵人（機密文書の保管、詔勅《しょうちょく》の伝達など）、式部《しきぶ》の丞《じょう》（文官の人事、教育など）に任じられて順調に出世しました。

紫式部の父・為時は「北家」傍流の生まれ

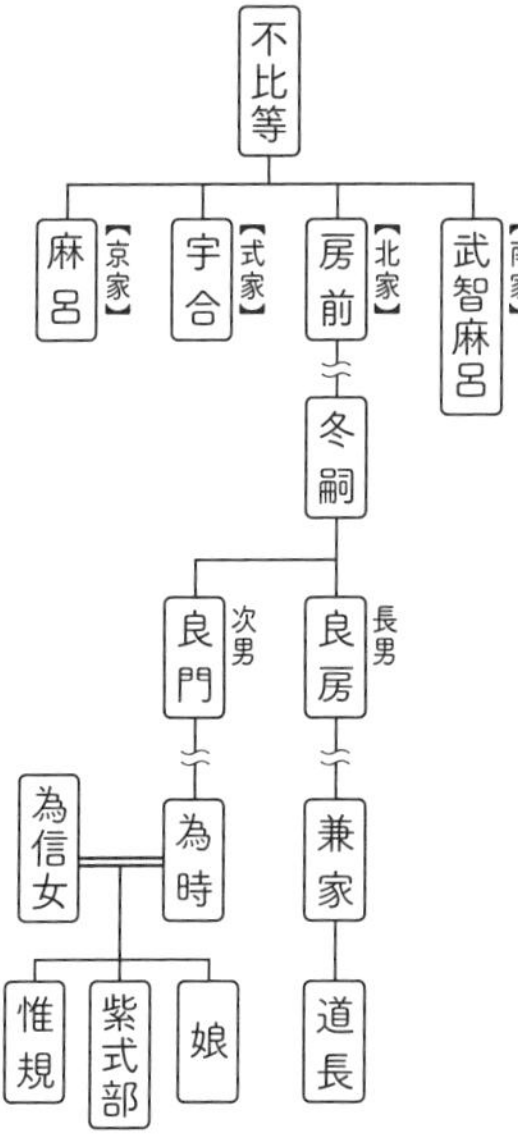

その間に藤原為信女《ためのぶのむすめ》と結婚し、長女、次女（紫式部）、長男（惟規《のぶのり》）と三人の子をなしましたが、為信女は惟規を産むと間もなく亡くなってしまいました。

為時は再婚し、そこでも子をもうけたようですが、自邸に迎えた様子はなく、紫式部ら三人の子供と父子家庭を営んでいたようです（もちろん世話をしてくれる乳母や女房はいました）。

為時が任じられた六位の蔵人は出世コースで、直接天皇にお目見えできる殿上人の一人。すでに三十六歳でしたが、遅まきながら貴族入りした為時は、殿上人を経て最上位の公卿に仲間入りすることも夢ではありません。

ところが、兼家の謀略によって花山天皇が出家させられて、一気に風向きが変わりました。**花山天皇の退位に伴い、為時は官職を辞任して「散位《さんい》」となりました。**あ～、

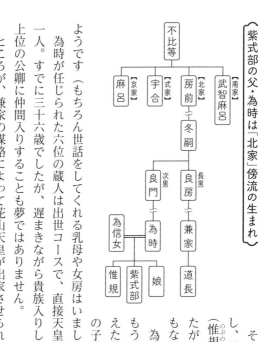

遠ざかる出世。

散位とは、位階のみ有して職事官《しきじかん》にない者、簡単にいうと無職……。公卿になる夢は無残に砕かれ、このあと十年もの長きにわたって為時は不遇をかこちました。

ただ、その十年の間に、読書や詩作に励んでいたことが、のちのち生きてくるのです。がんばって、為時パパ!!

※「受領」……国司のうち任国《にんごく》に赴任して行政責任を負う筆頭者（＝守《かみ》）。今でいう「県知事」に該当する。任国に赴任しない国司を「遥任《ようにん》」と呼んだ。

教えて、和泉式部!!

紫式部の才能は曾祖父譲り!?

藤原良門《よしかど》の系統をたどると、**紫式部の曾祖父に兼輔《かねすけ》**という名が出てきます。

この兼輔は藤原北家を代表する良門系統の中で、公卿（従三位《じゅさんみ》権中納言）になった人でしたが、それ以上に文才のある人でした。

兼輔は、聖徳太子《しょうとくたいし》の生涯を記した『聖徳太子伝暦《でんりやく》』の作者ともされますが、和歌でも勅撰集《ちょくせんしゅう》や『百人一首』に撰ばれ、私家集を遺して三十六歌仙※にも選ばれています。**紫式部が兼輔の文才を受け継いだのは間違いない**ところでしょう。

兼輔は賀茂川堤《かもがわつつみ》に邸宅があったので「堤中納言《つつみちゅうなごん》」と号し、その邸宅に『古今和歌《こきんわか》集《しゅう》』の撰者である紀貫之《きのつらゆき》や凡河内躬恒《おおしこうちのみつね》などの有名歌人たちが訪れるなど、当時の歌壇の庇護者でもありました。

『後撰和歌集《ごせんわかしゅう》』に撰ばれている兼輔の次の歌は有名です。

人の親の　心は闇《やみ》に　あらねども　子を思ふ道に　惑《まど》ひぬるかな

訳 人の親心というのは闇ではないけれども、我が子を思うあまり、真っ暗な道に迷うように何もわからず困惑してしまうものだなぁ。

「子を思う心の闇」などと使われることもありますが、「闇」とは、子供をかわいいと思うあまり、暗闇を迷うように煩悩《ぼんのう》に振り回されてしまうことを意味しています。

実は**この歌は、『源氏物語』の中で二十回以上も引用され**ていて、作品中に引用された歌の中で最多を誇ります。紫式部は曾祖父に敬意を表して贔屓《ひいき》し、多めに引用したのでしょう。曾祖父想いの紫式部さんですね。

※「三十六歌仙」……藤原公任が撰んだ、歌合形式の秀歌撰『三十六人撰』に載っている和歌の名人とされる三十六人の総称。

漢詩を作って必死の嘆願！〝最後の賭け〟で越前守に

「道隆・伊周父子vs.道長」の最終的な勝利者が道長と決定（187ページ参照）したのを見届けた為時は、中央での出世を諦め、受領を願い出ます。ところが任命されたのは小国の淡路《あわじ》（現・兵庫県淡路島）。

「腐っても藤原北家の一員の自分が、そんな小国の受領で終わってしまうのか」……あまりの悲しさに、為時は次のような漢詩を朝廷に提出しました。

苦学寒夜　紅涙霑襟
除目後朝　蒼天在眼

苦《く》学《がく》の寒夜《かんや》、紅涙襟《こうるいえり》を霑《うるお》す。
除目《じもく》※の後朝《こうちょう》、蒼天《そうてん》眼《まなこ》に在《あ》り。

訳 寒い夜に耐えて苦学してきましたが、除目では希望する官職に就けず、血の涙が袖を濡らしました。しかし、この除目が修正されれば、蒼天（帝の比喩）にいっそうの忠誠を誓います。

※「除目」……大臣以外の諸官職を任命する行事。

必死の願い出、為時の最後の賭けともいえました。

為時の漢詩を読んだ一条天皇は泣きました。

為時に同情し、申し訳なさに食事も喉《のど》を通らなくなった天皇……右大臣道長がその様子を見て除目をやり直し、為時の任地を小国の淡路から大国の越前《えちぜん》（現・福井県東部）へと変更しました。

為時は賭けに勝ちました（でも、見方を変えると、道長による政治の私物化？）。

ただし、当初、越前の受領に任命されていた源国盛《くにもり》にとっては、とんだとばっちりです。嘆き悲しんで病気になってしまい、次の除目でそれなりに大国の播磨《はりま》（現・兵庫県南西部）の受領に任じられたものの、病から回復せずに、亡くなってしまいました。

そんな大げさな!!　と言うなかれ。本人にとっては大問題、**どこの国の受領になるかで貴族の人生は大きく左右されました**。

当時の受領とは、今でいうところの県知事で、権限も大きく、租税などの上がりも相当なものがありました。有力受領になれば、かなりの蓄財ができたのです。

まあ、そんなこともありながら、為時は九九六年に越前守《えちぜんのかみ》に叙任され、紫式部たちを連れて越前国へ下向することになりました。

教えて、和泉式部!!　受領の収入は？

「貴族」と呼ばれるようになるのは従五位下《じゅごいのげ》からですが、その年俸は米にして約四百石《こく》。これは都の庶民の百倍以上にあたりました。

現代の感覚でいうと、国民の平均年収を四百万円とすれば、従五位下の年俸は四〜五億円となります（諸説あります）。

ましてや公卿といわれる正三位《しょうさんみ》・大納言《だいなごん》ともなれば年俸は三千石を超え、正二位・左大臣は七千石以上、なんと年俸数十億円の世界です。道長サマ、大金持ち!!

ただし、平安時代は貨幣経済が未発達なので、お給料は現物支給。お米や布などの現物でもらっていたので、単純にお金に換算することはできません。

ちなみに任国に赴任する受領となった場合、同じ位階を持つ都の貴族より年俸は高く設定されていました。都落ちするのは貴族にとって辛いことなので、その分割り増しされていたというわけです。

紫式部の父為時が任じられた越前は大国なので、千石以上の年俸だったはず……紫式部はお金持ちの家のお嬢様だったのです。

年の差婚!紫式部に熱烈アタックした藤原宣孝

紫式部、好きだ、大好きだ!!
藤原宣孝
貴方には妻も子もいるのでしょう!!
キミのことで胸がいっぱい!! 越前まで会いに行くよ
ウソおっしゃい!!
手紙
でも越前(蟹)にも飽きちゃったし、まっ、いいか
結婚します
やったー!!
娘と紫式部を残して宣孝は他界
どう生きていけばいいの〜!?

紫式部は父為時に同行して越前に下り、そこで二年ほど過ごしたあと、**山城守**《やましろのかみ》**（現・京都府南部の国司長官）を務めていた藤原宣孝**《のぶたか》**と結婚**しました。

宣孝は紫式部の又従兄《またいとこ》で、官吏として有能、学問教養もまずまずな男。ただし、宣孝は紫式部よりも十五～二十歳くらい年上で、四十代も半ばになっていました。そんな宣孝だけに、紫式部と結婚する前に複数の妻がいて、子供も何人かいたようです。

この宣孝の人となりが『枕草子』に描かれています。

どんな高貴な人でも地味な服装で詣《もう》でる金峯山《きんぷせん》（現・奈良県吉野郡）。ところが藤原宣孝は、「つまらない慣習だ。清浄な装束でお参りすれば問題ないはず。蔵王《ざおう》権現《ごんげん》様もそのほうがきっと喜びますよ」と言って、とても派手な服装で参詣《さんけい》した。息子にまで派手な格好をさせたので、お参りで行き交う人々の注目を浴び、「今までこんなに派手な出で立ちの者を見たことがない」と皆驚いたということだ。

この逸話《いつわ》から察するに、**宣孝は周りの目を気にしない豪放磊落な人物**だったようです。その積極性は紫式部との結婚でも発揮されました。

京にいた時から紫式部にモーレツに求婚していた宣孝ですが、紫式部のほうは踏ん切りがつかず、父とともに越前に下向しました。しかし、宣孝は紫式部に求婚し続けました。

「ボクの心は貴女のものです。どうか結婚してください」

とオーバーな表現で歌を詠んで贈ると、

「貴方には他の女がいるでしょう。私、浮気者は嫌いです!!」

と紫式部に一蹴《いっしゅう》されます。そこで宣孝は、

「ボクの涙の色をご覧ください」

と手紙の上に朱の墨を点々と滴《したた》らせて贈ると(笑)、

「赤は褪《さ》めやすい色ですからねぇ」

と紫式部に軽く嫌味を言われてしまいます。

それでもくじけず情熱的な歌を贈り続ける宣孝でした。

そうこうしているうちに紫式部の気持ちも次第にほぐれ、また越前の田舎暮らしにも飽きてきたのでしょう、ついに紫式部は京に戻って宣孝と結婚することにしました。

宣孝の粘り勝ちです!!

世紀の大傑作『源氏物語』はこうして生まれた

紫式部は九九九年に**賢子《けんし》（大弐三位《だいにのさんみ》）を産みました**。しかし、ラブラブだったはずの宣孝と紫式部の結婚生活は、あっという間に倦怠期《けんたいき》を迎えました。

表面には出さないものの、芯が強く勝気な性格、そしてなにより教養がありすぎてイヤミな性格の**紫式部は、宣孝にはちょっと荷の重い妻**でした。

当時の結婚は、夫が妻のもとに通う「妻問婚《つまどいこん》」（169ページ参照）の形を取っていたので、愛情の冷めた宣孝は、次第に紫式部のもとへ通わなくなりました。「夜離《よが》れ」といわれるもので、よくある話といえばよくある話。紫式部はこんな歌を詠んでいます。

しののめの　空霧わたり　いつしかと　秋のけしきに　世はなりにけり

訳　夏だと思って過ごしていたある日、夜明けの空を見ると霧が立ち込める秋の景色になっていました。そんなふうに、貴方は早くも私に飽きてしまったのですね。

これは宣孝が、「貴女のことを想って会いたいと嘆いているうちに夜を明かしてしまいました」と白々しい歌を贈ってきたのに対しての返歌で、「ウソおっしゃい!!」という紫式部の悲しく悔しい気持ちが表されています。

そんな二人の結婚生活は、わずか二年と数カ月で幕を閉じてしまいます。

一〇〇一年、**宣孝は流行り病にかかり、およそ五十歳で逝去**したのです。

「こんなに早く亡くなるんだったら、もっと仲良くしておけばよかったわ」

……後悔先に立たず、幼い子を抱えて不安になっていた紫式部は、気を紛らわすために物語を書くことに没頭しました。

世紀の大傑作『源氏物語』のスタートです。

やがて紫式部はその才能を買われて、道長の娘で一条天皇の中宮彰子に家庭教師役の女房として仕えます。そして『紫式部日記』が書かれることになったのです。

5章

紫式部と藤原道長——本当はどんな関係だった？の巻

……「満月のようにパーフェクト！」な男と四納言たち

未曾有の一家立三后！「わが世とぞ思ふ」のも当然!?

『紫式部日記』と『源氏物語』、この二作を書いたのはもちろん紫式部ですが、彼女の才能に目をつけ、この世に送り出したのは藤原道長《ふじわらのみちなが》!!

パトロン道長の存在なくして紫式部の才能の開花はなかったと断言できます。

その道長ですが、道長といえばこの歌!!　というくらい有名な歌がありますね。

この世をば　わが世とぞ思ふ　望月《もちづき》の　欠けたることも　なしと思へば

訳　この世はすべて私（道長）のためにあるのだと思う。満月が欠けることなく完全なものであるように、この世のすべてが我が意に満ち足りていると思うので。

ここまでエラソーに言える道長がうらやましくもあります。これに匹敵するゴーマンな言葉は、「平家《へいけ》にあらずんば人にあらず」くらいのものでしょう。

この歌は、一〇一八年、三女威子《いし》の立后《りつこう》の日に道長の邸宅で行われた祝宴の際、藤原実資《さねすけ》に向けて道長が詠んだものです。時に道長は五十三歳。長女彰子《しょうし》（一条《いちじょう》天皇の中宮《ちゅうぐう》）、次女妍子《けんし》（三条《さんじょう》天皇の中宮）に続いて三女威子を後一条《ごいちじょう》天皇の中宮にさせるという、道長一家の繁栄ぶり。

道長は未曾有の「一家立三后」を成し遂げた

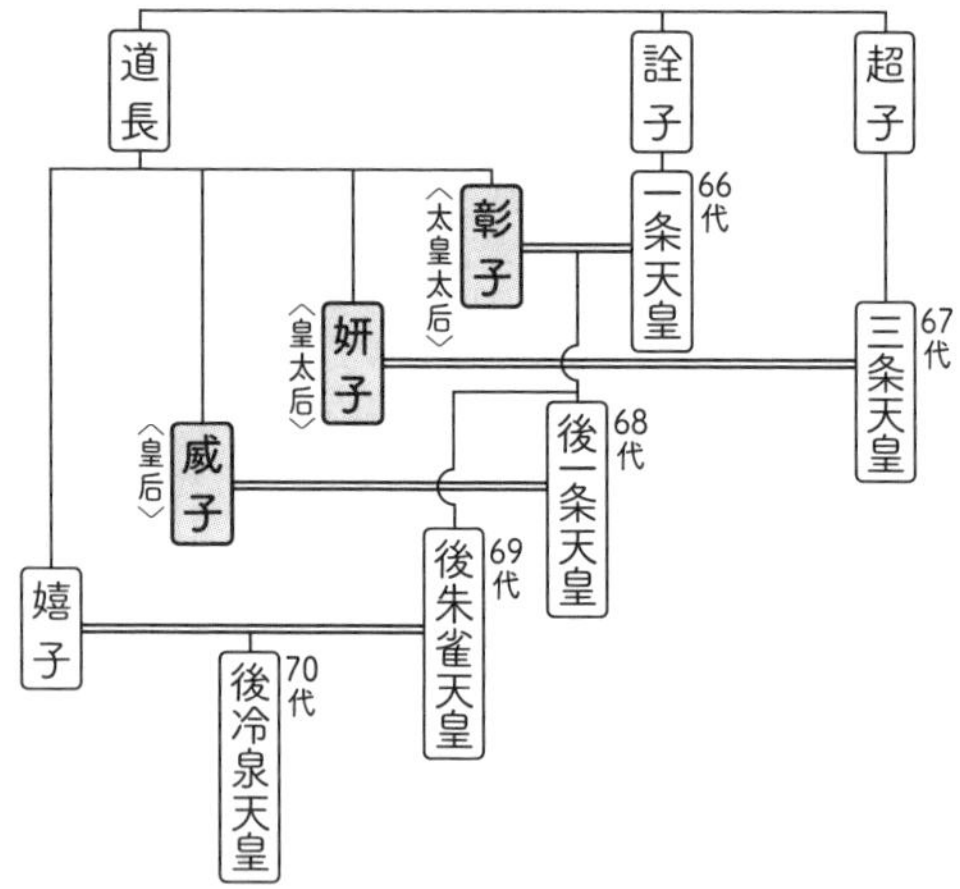

これを聞いたアンチ道長の実資ですら、「一家立三后《いっかりっさんごう》、未曾有《みぞう》なり」と、ただ驚嘆の言葉を発するしかありませんでした。

また道長の栄華を支える財源となった荘《しょう》園《えん》※も、「天下の地は悉《ことごと》く道長の領地となった」と、実資が嘆くほどの独占ぶりでした。

ちなみに、「望月の歌」の返歌を求められた実資は「やってられるか!!」と、心中の煮えくり返る思いはまったく見せず(笑)、丁重に断りつつ、その場にいる公卿《くぎょう》たち全員でこの歌を詠ずることを提案しました。そして、それを受け入れた一同が繰り返しこの歌を詠じたといいます。

何人もの公卿サマたちが、「この世をば〜」と声を揃えて朗詠している姿、それを満面の笑みで聞いている道長サマの姿を想像すると、なんだか笑ってしまいますわ。

道長は、さらに六女の嬉子《きし》を敦良《あつなが》親王（のちの後朱雀《ごすざく》天皇）に入内させました。その結果、後一条天皇・後朱雀《ごすざく》天皇・後冷泉《ごれいぜい》天皇、三人の天皇の外祖父として左大臣《さだいじん》・摂政《せっしょう》・太政大臣《だいじょうだいじん》を歴任し、娘三人は太皇太后《たいこうたいごう》、皇太后《こうたいごう》※、皇后になるという前代未聞、空前絶後の出世を果たしました……書くだけで疲れるほどのご栄達です。

※「荘園」……寺社や貴族が財力によって新しく開墾《かいこん》し、自分の領地とした大規模な田地のこと。

※「太皇太后、皇太后」……「太皇太后」は先々代の天皇の后。もしくは当代の天皇の祖母。「皇太后」は天皇の母で皇后であった者。

道長の「セクハラ和歌」にカマトトで返す紫式部

紫式部と道長とは恋愛関係にあったという説がありますが、ホントのところはどうなのでしょうか。二人のこんなやり取りが記されています。

中宮彰子の部屋で『源氏物語』を見つけた道長が、紫式部に歌を贈りました。

すきものと 名にし立てれば 見る人の 折らで過ぐるは あらじとぞ思ふ

訳 貴女は浮気者と評判になっているので、見る人が貴女を自分のものにしないで見過ごしていくことは、きっとあるまいと思う。

『源氏物語』を書くくらいだから、浮気くらいなんのその。きっとその道に精通しているでしょう、という冗談です。それに対して紫式部が歌を返します。

人にまだ 折られぬものを たれかこの すきものぞとは 口ならしけむ

訳 私はまだどなたにも口説かれたことがありませんのに、いったい誰が、この私を浮気者などと言いふらしたのでしょうか。

すでに結婚して子供をもうけていた紫式部ですが、道長のセクハラを軽くいなして、**「私、誰にも口説かれたことなんてないですわ」とカマトトぶり**ましたとさ（笑）。

真夜中、道長の突然の来訪——これって今ならパワハラ＆セクハラ⁉

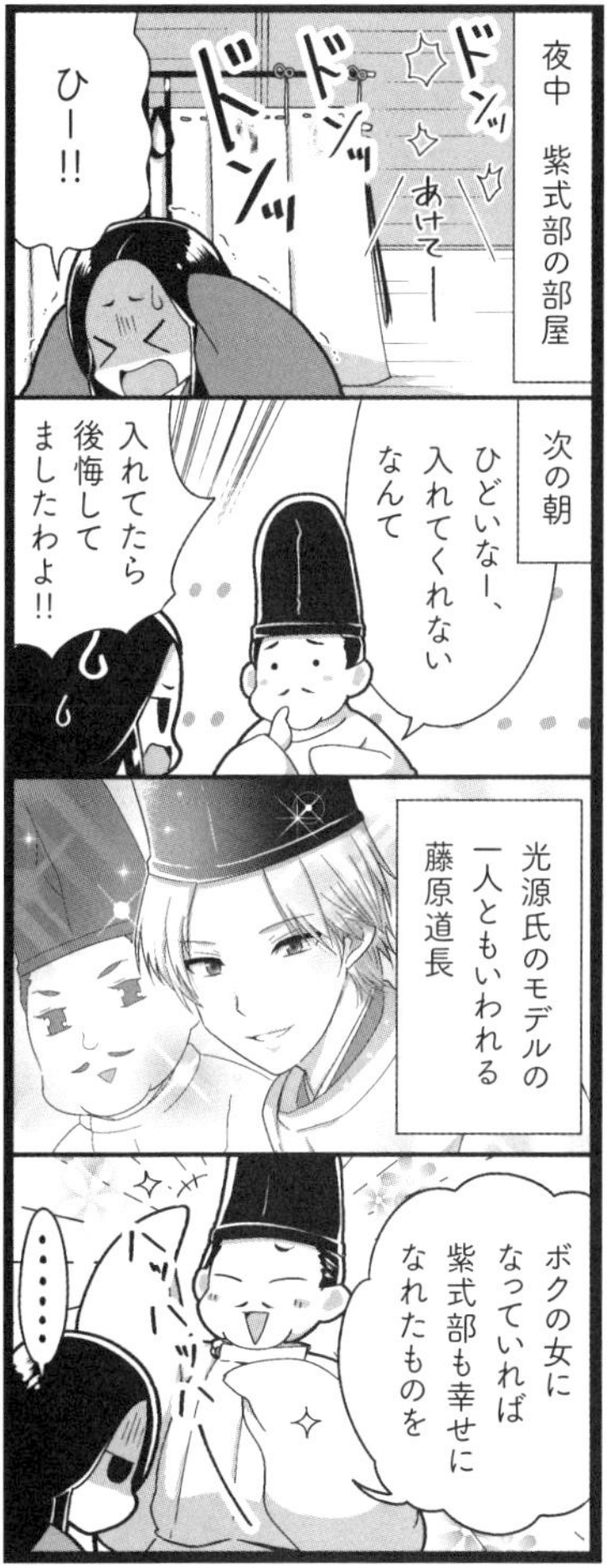

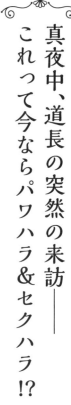

歌を交わし合ってしばらく経った夜のこと。紫式部の寝ていた部屋の戸を激しく叩く人がいます。あまりの恐ろしさに放っておいたところ、その翌朝、道長から、

夜もすがら 水鶏《くいな》よりけに なくなくぞ まきの戸ぐちに たたきわびつる

訳 一晩中、私は水鶏が鳴く以上に泣きながら貴女の部屋の戸を叩いて嘆き明かしたことだ。

という歌が贈られてきました。紫式部は負けじと返歌します。

ただならじ とばかりたたく 水鶏ゆゑ あけてはいかに くやしからまし

訳 普通じゃない勢いで戸を叩く貴方のことゆえ、もし戸を開けてしまったらどんなにか後悔したことでございましょうね。

紫式部が戸を開けてくれなかったことに恨み節の歌を贈る道長、それに対して紫式部は「ただならじ」の歌を返しました。現代なら**パワハラかセクハラで訴えられそうな道長の行動**ですが、果たしてこれで道長は紫式部のことを諦めてくれたのでしょう

か？

道長と紫式部は「男女の仲」だったのか

当時、女房の局《つぼね》（部屋）を男性貴族が訪れることは日常茶飯事でしたが、なにせ相手は今をときめく道長です。ここで紫式部が道長を部屋に入れてコトを起こせば、どう隠そうとも皆に知れ渡ってしまって**一大スキャンダル**となること必至です。

中宮彰子や道長の正室倫子《りんし》、そしてせっかく仲良くなった同僚女房たちに対してどう言い訳したものか……紫式部がそう考えて道長からの誘いを断るのは当然でしょう。

ただ、一度は断ったとしても、最後まで道長からの誘いを断り続け（られ）たのかどうかは不明です。南北朝時代の公家《くげ》系譜の集大成である『尊卑分脈《そんぴぶんみゃく》』には、**「紫式部は藤原道長の妾《しょう》」**と書かれています。

「道長と紫式部は男女の仲だった」……現代なら週刊誌が飛びつき、ワイドショーで連日放送されそうなビッグニュースですが、その可能性はかなり低いと思われます。

でも、一度くらいは何かあってもおかしくはない関係ですね。

コラム

道長の妻・倫子の内助の功

道長の正室は倫子という女性でした。

結婚したのは道長二十二歳、倫子二十四歳の時。倫子が当時としては晩婚だったのは、父の左大臣 源《みなもとのまさざね》 雅信が倫子を入内《じゅだい》させるか、それとも有望な親王《しんのう》に嫁がせるかを考えているうちに婚期を逃したからでした。倫子は雅信にとって期待の星だったのです。

一方、道長は「将来出世して、絶対に摂関《せっかん》になるぞ!!」という政治的野心があったので、**宇多《うだ》天皇の血を引く倫子に猛アタック**を仕掛けます。

雅信は、まだペーペー貴族にすぎなかった道長との結婚に反対でしたが、逆に倫子の母藤原穆子《ぼくし》は大賛成で、強引に道長を婿として迎え入れてしまいます。

それに感謝した道長は、倫子をとても大切に……しなかったわけではないのですが、まもなく**明子《めいし》という女性とも結婚**しました。当時、重婚や多くの側室《そくしつ》を持つことは上流貴族の間では通例でしたが、ちょっと節操がないですね……。

その明子という女性は源高明《たかあきら》（239ページ参照）の遺児で、父が失脚し亡くなったあと、道長の姉である詮子《せんし》のもとで育てられていました。姉の詮子と仲良しの道長は、詮子を介して明子と知り合い、恋に落ちて結婚したようです。

倫子とは政略結婚、明子とは恋愛結婚、つくづく道長は戦略家ですね。

こうして、倫子と明子という二人の妻を持った道長は、二人との間に多くの子をなし、それが道長の繁栄をもたらす最大の原動力となります。

倫子は、道長との間に六人の子を産んで育て、さらに後宮にも目を光らせ、明子の子供たちにも気を配るなど、内助の功を発揮しました。まさにゴッドマザー!!

倫子は自分の子供たちと明子の子供たちとの間に、大きな差をつけさせました。

倫子所生《しょせい》の男子は摂関や太政大臣などに就き、女子は次々に入内して立后したのに対し、安和《あんな》の変（236ページ参照）で流罪《るざい》となり、すでに故人となっていた源高明を父に持つ明子は「妾妻」とみなされていたので、明子所生の男子たちの出世は限定され、女子も入内して中宮・皇后になることはありませんでした。そこは正妻として格の違いを見せつけた倫子です。

『紫式部日記』の中で、紫式部が倫子から重陽《ちょうよう》の節句《せっく》の日に突然、菊の着せ綿《きせわた》のプレゼントをもらってびっくりするというエピソードが書かれています（43ページ参照）。「紫式部は道長の浮気相手かも？」と疑った**倫子が、軽く牽制球《けんせいきゅう》を投げてきた**のかもしれませんね。

一〇〇八年、彰子が敦成《あつひら》親王（のちの後一条天皇）を産むと、倫子は従一位《じゅいちい》に叙せられました。なんと従一位です!!　上にはもう正一位《しょういちい》しかありません。

女性としては最高位。**無官のまま従一位になったのは倫子が初**でした。

しかもこれ以降、位階の面では十年間にわたって倫子が道長を上回ることになりました。道長が倫子に遠慮して位階を辞退し続けたのです。「**一家立三后**」**を成し得たのも妻倫子あってのこと**。道長が敬い、感謝するのは当たり前でしょう。

倫子は、道長の日記『御堂関白記《みどうかんぱくき》』に何百回と登場し、『紫式部日記』の中でも、道長が倫子のことを下にも置かない扱いをしている様子が描かれています。

六人もの子を無事に産み、立派に育て上げた倫子は、一〇五三年に九十歳で薨去《こうきょ》。まさに大往生、どんだけ～！　です。

教えて、和泉式部!!

影の功労者・藤原穆子

左大臣源雅信の正室である藤原穆子《ぼくし》こそ、道長を栄華に導いた最大の功労者かもしれません。

九七八年当時の政治体制は、円融《えんゆう》天皇のもと、藤原頼忠《よりただ》が太政大臣、源雅信が左大臣、藤原兼家《かねいえ》が右大臣に就き、三つ巴の緊張関係にありました。

天皇の外戚を狙う雅信は、自慢の娘倫子を入内させようと画策しましたが、花山《かざん》天皇は在位が短く（しかも色々と問題あり）、次の一条天皇は倫子の十六歳年下で不釣り合い……「さて、どうしたものか!?」――そんな時に道長から求婚されました。

父の雅信は、たいした出世も見込めない道長との結婚には、当然反対です。ところがここで**倫子の母穆子が、「道長はいずれ大物になります。私にはわかります!!」と言って、強引に道長を婿に迎え入れました。**

女の勘とでも申しましょうか、これには雅信も道長の父兼家も開いた口が塞がらないくらい驚いたといいます。
しかし、この結婚こそが道長家の大繁栄をもたらしたのは、すでに書いた通りです。女の勘が見事的中!! 道長もこの義母穆子には一生頭が上がりませんでした。

雅信の死後、出家して「一条尼《いちじようのあま》」と呼ばれた穆子は、道長の栄達、孫娘の彰子の入内などを見届け、曾孫の後一条天皇が即位した一〇一六年に八十六歳で病死しました。

倫子がゴッドマザーなら、穆子はゴッドグランドマザーというところですね。

現世での栄華を極め尽くして関心は「あの世」へ

現世での栄華を極め尽くした道長は、「この世をば……」と詠んだ次の年に出家しました。もはや道長の関心は自らの死後にあったのです。そして、浄土《じようど》信仰に傾倒していた道長は、壮大なお寺の建立《こんりゆう》に着手しました。

「法成寺《ほうじようじ》」と名づけられたそのお寺の規模は、東西二町×南北二町（約二百メートル×二百メートルで約一万二千坪）に及び、伽藍《がらん》は豪壮を極めました。

出家してから十年目、病に倒れた道長は死を悟り、法成寺の中で釈迦《しゃか》の涅槃《ねはん》の際と同様に、北枕西向きに横たわりました。そして高僧一万人(!!)の読経《どきょう》の中、西方極《さいほうごく》楽浄土《らくじょうど》を願いながら往生したといいます。享年六十三。

道長の死後、法成寺はたびたび兵火などの火災に遭い、鎌倉末期には廃絶しました。南北朝期の兼好法師《けんこうほうし》が『徒然草《つれづれぐさ》』の中で法成寺のことを書いています。

藤原道長がお造りになった法成寺を見ると、無残に姿形を変えてしまってしみじみと無常を感じる。これほど廃《すた》れてしまうとはご想像すらされなかっただろう。

なぜ道長は「御堂関白」と呼ばれたか

道長はその死後、「御堂関白」と呼ばれました。

「御堂」は晩年に道長が建てた「法成寺」が「京極御堂《きょうごくごどう》」と呼ばれたことに由来します。

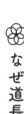

道長の子孫が「御堂流」と称したり、道長の日記を『御堂関白記』と呼んだりするのもこれに由来しています。

しかし、道長は関白にはなっていないのに、なぜ「関白」と呼ばれたのでしょうか？

それは、**生前の道長が実質的に関白と同じ立場にあった**からです。

関白は天皇に奏上《そうじょう》される文書を、天皇より先に読んで意見を具申《ぐしん》することができる「内覧」（181ページ参照）と呼ばれる事実上の裁決権を持っていたのです。道長は九九五年以来、二十年以上にわたって内覧を務め続けました。

藤原実資が『小右記《しょうゆうき》』に、「左大臣道長にとって内覧も摂政も関白も区別がない」というほどの不動の権力をキープし続け、摂関政治の最盛期を築き上げた道長を称揚《しょうよう》して「御堂関白」と呼んだわけです。

さっすが〜道長サマです!!

道長の「不動の権力」を支えた四人の納言たち

四納言参上!!
道長様のゴマすり四納言でーす
なんといってもボクがトップかな
藤原公任
フフン!
「三舟の才」って知ってるー?
ふっ、お前の家なんてもう没落さ
藤原斉信
これからは道長様の時代だよねー
藤原行成
なんだと!!
なんだよ!!
こそこそ
身内で争っている間に、抜け駆けしちゃえ
源俊賢
ギャー!
ギャー!

道長と腹心「一条朝の四納言」の関係

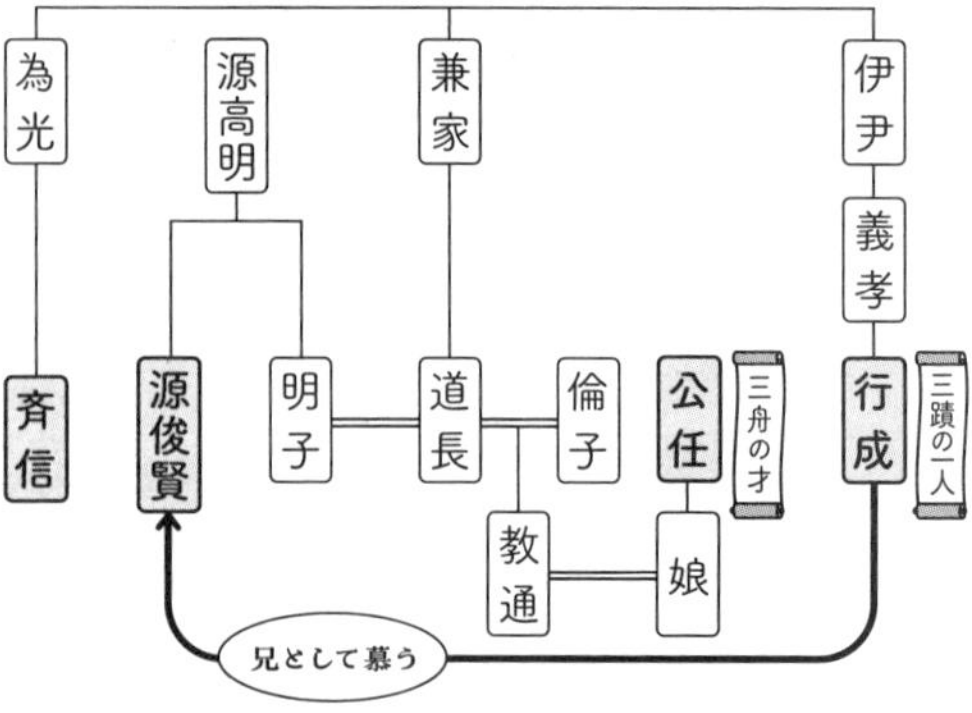
為光
源高明
兼家
伊尹
義孝
斉信
源俊賢
明子
道長
倫子
公任
三舟の才
行成
三蹟の一人
教通
娘
兄として慕う

一条天皇の治世を支えた納言《なごん》として、藤原斉信《ただのぶ》・藤原公任《きんとう》・藤原行成《ゆきなり》・源俊賢《としかた》の四人がいます。

彼らは、「一条朝の四納言《しなごん》」と称されました（「寛弘《かんこう》の四納言」とも）。

「一条朝の四納言」の出世したい事情

斉信が大納言《だいなごん》※、他の三名が権大納言《ごんだいなごん》まで昇ったことから、「四納言」という称がついたのですが、四人とも、藤原道長の腹心（というよりおべっか使い）でもありました。

生年順と最高官位は次のようになります。

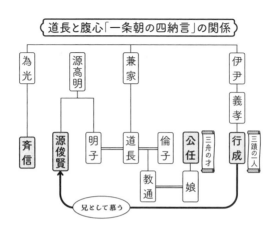

・**源俊賢**（九六〇～一〇二七）……一〇一七年　正二位・権大納言
・**藤原公任**（九六六～一〇四一）……一〇一二年　正二位・権大納言
・**藤原斉信**（九六七～一〇三五）……一〇二〇年　正二位・大納言（一〇〇九年に権大納言になっている）
・**藤原行成**（九七二～一〇二八）……一〇二〇年　正二位・権大納言

「四納言」全員の道長への忠勤ぶりを見たアンチ道長の藤原実資は、

「道長の従者に成り下がって恥ずかしくないのか」

と、四人をあざ笑っています。

確かにそれは正論ですが、この四人にはそれぞれ出世したい事情がありました。それを見ていきましょう。

※「大納言」……太政大臣・左右大臣・内大臣に次ぐ官職。現代の国務大臣に相当する。「権《ごん》」は定員外という意味。「権大納言」は定員外の大納言のことで、大納言より下の格付け。

藤原公任——北家嫡流のプリンスにして「三舟の才」

このあたりに「若紫」はおいででしょうか?
ひっく
ひっく!
!!
公任サマ!?
「我が紫」なんて失礼な
いつから私が貴方のモノになったのよ!!
えっ?
「我が紫」じゃなくて「若紫」?
「我が紫」だか「若紫」だか知りませんがここにはいませんことよ!
オホホホ
開き直った

「四納言」のトップバッター**藤原公任《きんとう》は、藤原北家嫡流のプリンス**でした。

祖父で小野宮《おののみや》流の始祖である実頼《さねより》も父頼忠《よりただ》（兼家のライバル）もともに関白・太政大臣を務め、母は醍醐《だいご》天皇の孫で妻は村上《むらかみ》天皇の孫……サラブレッド中のサラブレッドです。それなのに公任は正二位権大納言までしか出世できませんでした。理由はただ一つ。**あの道長と同い年**だったからです。

公任は関白頼忠の子として十五歳で元服すると、異例の正五位下に叙せられ、いきなり殿上人《てんじょうびと》からスタートです。その後も順調に昇進を続けましたが、**姉の遵子《じゅんし》が円融天皇の皇后に立てられた九八〇年前後が公任にとって人生のピーク**でした。

九八六年に「寛和《かんな》の変」（167ページ参照）が起きると公任の人生は暗転します。花山《かざん》天皇が出家させられて一条天皇が即位すると、父の頼忠は関白を辞任して兼家が摂政となり、政治の実権が兼家の系統に移ってしまいます。

それでもまだ九八六年の段階では、公任の誉《ほま》れとなる**「三舟《さんしゅう》の才《さい》」**というエピソードが伝わっています。

その年十月に行われた円融上皇の大堰河《おおいがわ》（渡月橋の上流）遊覧に招かれた公任は、「漢詩の舟、和歌の舟、管絃《かんげん》の舟」と三つの舟を出した道長から、「どの舟にお乗りになられますか？」と尋ねられました。

舟にはそれぞれの分野の名人を乗せることになっていたのですが、道長からこの言葉を受けた**公任は、「漢詩・和歌・管絃」三つの舟に乗る名人の力量を持っている**と認められたのです。この時公任は「和歌の舟」を選んで乗り、歌を詠みました。

小倉山《おぐらやま》 嵐の風の 寒ければ　もみぢの錦《にしき》 着ぬ人ぞなき

訳 小倉山や嵐山から吹き下ろす山風が寒いので、紅葉の落ち葉が人々の着物に散りかかって、錦の衣を着ていない人は誰もいないことだよ。

「さっすが〜、公任サマ!!」と大絶賛されましたが、公任は納得いかない様子です。**「漢詩の舟に乗って和歌と同じくらいの優れた漢詩を作っていたら、名声ももっと上がっていただろうに、残念なことをした」**と悔やんだのです。

当時、和歌は女性の教養であり、男性貴族の正統な素養と考えられていたのは漢詩だったのです。「男なら『漢詩』で勝負すべきだった!!」と悔やんだんですね。

それにしても、上皇や公卿の面前で三分野にわたる腕前（三舟の才）を認められた公任は、芸術的才能でプリンスとしての意地を見せたといえるでしょうね。

教えて、和泉式部!!

『君が代』は公任のお陰で国歌になった⁉

出世競争では道長に大きく水をあけられてしまう公任ですが、芸術的才能は抜群で、『和漢朗詠集《わかんろうえいしゅう》』の撰者としても知られています。

『和漢朗詠集』は、朗詠に適した漢詩・漢文と和歌のアンソロジーです。「朗詠」というのは、和漢の名詩句を楽器の伴奏に合わせて吟唱《ぎんしょう》するもので、当時流行していました。

『和漢朗詠集』では、中国の二大詩人とされる「詩仙・李白《りはく》」と「詩聖・杜甫《とほ》」の作品は、それぞれ一首しか採っていないのに対して、白居易《はくきょい》（白楽天《はくらくてん》）の作品は一三七首も採るなど、かなり型破りで大胆なセレクト!! 公任のセンス炸裂《さくれつ》です。

その中に、日本国歌『君が代』（初出は『古今和歌集《こきんわかしゅう》』の「よみ人しらず」）も収録されています。

我が君は　千代に八千代に　さざれ石の　巌《いわお》となりて　苔《こけ》のむすまで

冒頭が『君が代』と違いますが、**たったの三十二文字の『君が代』は文字数で世界一短い国歌**です。また世界の国歌の中で、作詞者が最も古いといわれています。公任が『和漢朗詠集』に撰んでくれたお陰で、国歌の歌詞として採用されたのかもしれませんね。「千代に八千代に」名を遺《のこ》した公任でした。

「道長には勝てない…」公任が取った作戦は？

「三舟の才」の時点では、同い年の道長は公任より下位でしたが、次の年には一挙に従三位《じゅさんみ》まで昇進し、**あっという間に公任は道長に追い越されてしまいました。**

九九九年、三十四歳になった公任は、十四年ぶりに昇叙《しょうじょ》されて従三位になりますが、もはや正二位左大臣の道長との差は歴然となりました。

出世競争では勝てないことを悟った公任は、保身のために道長に接近します。

道長が彰子を一条天皇に入内させる際に作らせた屏風の和歌の撰者をしたり（190ペ

ージ参照)、道長に随行して紅葉《もみじ》を見に行ったり……もう、必死!!
実は、この紅葉狩りの時に詠んだ和歌が『百人一首』に採録されたものです。

滝の音は 絶えて久しく なりぬれど 名こそ流れて なほ聞こえけれ

訳 滝の音が聞こえなくなってから長い年月が経ったけれど、その音の響きの名声は、今でも世間に流れて伝わり聞こえてくる。

この歌のように、公任は死後に長く名声を残したかったのでしょう。現世では道長には勝てないという諦めの裏返しにも思えるのは、わたくしだけでしょうか……。

紫式部とは「文学＆芸術的センス」で共鳴?

さて、その公任と紫式部との出会いは、いつ頃なのでしょうか。
紫式部は結婚前に、村上天皇の第七皇子具平《ともひら》親王に仕えていたという説があります。親王は歌人との交流が盛んで公任も具平親王のもとを訪ねることが多かったようです。

とすると、具平親王に仕えていた紫式部と公任が出会っていた可能性は十分にありそうです。そして二人が出会っていたとしたら、共鳴しないわけがありません。なにせ『源氏物語』を書くほどの文学的才能を持つ紫式部と、「三舟の才」の公任ですから。

紫式部と公任が恋仲だったかもしれないと考える根拠は、前にも書いた次のエピソードにあります（68ページ参照）。

ある日宮中で宴が開かれ、紫式部や同僚の女房たちも出席していました。そこに酔った公任が近寄ってきて「このあたりに若紫《わかむらさき》はおいででしょうか？」と声をかけます。「若紫」とは、『源氏物語』のヒロイン「紫《むらさき》の上《うえ》」のこと、というのが通説ですが、ここで公任が発した言葉は「若紫」ではなく「我が紫」、つまり**「私の紫式部様はおいでですか」と呼びかけたとする解釈がある**のです。酔っていたとはいえ、公任が「我が紫」と呼びかけたならば、公任は紫式部のことを好きだったと考えられます。

ただ、声をかけられたほうの紫式部は、「ここには光源氏似のハンサムはいないのに、かわいい紫の上がいるわけないでしょ」と心の中で怒って公任を無視した、と日記に書き残しています。プンプンなのですから、二人が恋仲のはずはありません。

でも、これは裏を返すと紫式部が公任のことを好きだったからこその反応かもしれません。「何が若紫（我が紫）よ!!　酔った勢いで言い寄るんじゃなくて、シラフの時にちゃんとした恋文をくださるべきだわ!!」と、紫式部は言いたかったのでは？

二人のこうしたやり取りを聞いて、二人は単なる知人と取るか、それとも相思の仲と取るか、あなたはどちら派ですか？

長女を道長の五男へ嫁がせ、引き出物は『和漢朗詠集』

道長との出世競争を諦めた公任でしたが、「四納言」の中で一歳年下の藤原斉信が従二位に叙せられて自分の位階を超えられた時は、

「あいつにだけは負けるわけにはいかん!!」

と怒って出仕をやめ、辞表を道長に叩きつけました。藤原北家嫡流プリンスとしての意地を見せたのです。結局、半年の不参を経て斉信と同じ従二位に叙せられると、納得した公任は参内《さんだい》を再開しました。実際のところ、斉信は優秀だったから昇進しただけで、道長に他意はありませんでした。となると、公任のゴネ得です。

味を占めた（？）公任は、さらに道長に接近します。

一〇一二年に長女を道長の五男教通《のりみち》に嫁がせました。当時栄華の絶頂にいた道長の息子に娘を嫁がせたい公卿は多かったので、公任はこの縁組の成功を周りに自慢しまくります。それを聞いた公任の従兄《いとこ》、実資は不愉快です。なにせアンチ道長ですから。本来、藤原北家の嫡流は実資や公任の系統であって、道長は傍流《ぼうりゅう》にすぎません。

「お前には藤原北家嫡流としてのプライドはないのか‼」

実資にそうののしられた公任でしたが、実は手元不如意《てもとふにょい》で何かと物入りな娘の婚儀のためには、従兄で大金持ちの実資を頼るしかありませんでした。**頭を下げる公任に、実資はしぶしぶお金をあげました。**ちょっと情けない公任です。

なお、この結婚の引き出物として贈られたのが『和漢朗詠集』でした。「三蹟《さんせき》」の一人である行成に清書してもらい、それを冊子にして硯箱に納めて贈られたといわれています。

一〇二七年に俊賢が、続いて一〇二八年に行成が没し、一〇三五年には斉信も亡くなって「四納言」は公任を残すのみとなりました。そして公任も一〇四一年一月一日薨去しました。享年七十六でした。

源俊賢——ポリシーは「長い物には巻かれろ」

道隆・伊周
VS
道長
源俊賢
どちらに付くべきか、悩むな～
うーん…
こーなったら、どっちにもいい顔しちゃおっーと
定子様、俊賢でございます
彰子様、俊賢でございます
正二位 権大納言まで出世!!
「源氏」なのにここまで出世できたのはゴマをすったからだよー

「四納言」の二人目は源俊賢《としかた》です。**一条朝の「四納言」のうち、藤原氏でないのは俊賢だけ**です。どうやって俊賢が「四納言」の一員となったのかをたどっていきましょう。

俊賢がまだ十歳だった九六九年、醍醐天皇の皇子で左大臣だった父源高明が失脚し、大宰権帥《だざいのごんのそち》に左遷（事実上の流罪）されました。その時、俊賢は父に付いて大宰府に行ったようです。二年後に高明は赦《ゆる》されましたが、没するまで隠棲《いんせい》し、二度と政界に復帰することはありませんでした。

「安和の変」と呼ばれるこの事件、実は藤原氏による謀略でした。

高明の娘が為平《ためひら》親王の妃となっていたので、もし村上天皇の皇子である為平親王が東宮となり将来天皇として即位することになれば、高明は天皇の外戚として権力の座につくことになります。それを恐れた藤原氏が「高明に謀反の計画あり!!」とでっち上げて、中央政界から追放したのです。

いわゆる**「他氏排斥」、濡れ衣を着せて葬り去る、藤原氏の十八番《おはこ》**です。

子供心にも藤原氏の怖さを痛感した俊賢は、「長い物には巻かれろ」ということを学びました。そして藤原兼家・道隆《みちたか》親子に近づいて親密な関係を築き、二人の後ろ盾を得て中央政界で順調に出世していきました。

道長と中関白家の間でバランス外交!

父高明が謀略により失脚したにもかかわらず、俊賢は十六歳で殿上人となり、三十六歳の時には参議《さんぎ》に任ぜられて公卿に列しました。なかなかの出世ぶりです。

しかし次第に道長が台頭し、藤原北家の中で**「道隆・伊周《これちか》vs.道長」という骨肉の争いが起きるに及んで、俊賢は微妙な立場に立たされます。**

俊賢とすれば、失脚した父を持ち、藤原氏でもない自分を出世させてくれたのは道隆でした。恩義を重んじるなら、道隆の娘定子《ていし》や息子の伊周、隆家などの「中関白家《なかのかんぱくけ》」に肩入れするのが人の道です。

一方、飛ぶ鳥を落とす勢いの道長に盾突いたらどうなるか……権力争いに敗れた父がどんな目に遭ったのかを、子供の頃から身に染みてわかっている俊賢です。

悩んだ末に出した結論は、

「オレは『卑怯《ひきょう》なコウモリ』になるしかない!!」

でした。苦渋の選択でしたが、他に道はありません。

まず、俊賢は妹の明子（216ページ参照）を道長に嫁がせることで道長と義兄弟の関係を作ります。一方、道隆亡きあと落ちぶれていく中関白家には同情し、何かと助け船を出すなど、絶妙なバランス感覚を発揮しました。

定子と彰子に対しても同様に、どちらにもいい顔をします。

・定子の在所の二条北宮《にじょうきたみや》が火事で焼亡すると、すぐさま心配して馳《は》せ参じる。
・彰子が一条天皇に入内する際に作った和歌の屏風には、喜んで詠進する。

見事なコウモリっぷり!!　なかなかできないことです（嫌味ではありませんよ）。

その後もゴマすり男に徹して保身を図りました。

有能な官吏として摂関政治の一角を占めた俊賢は、最終的に正二位権大納言まで出世し、六十八歳で亡くなりました。

コラム

光源氏のモデルは源俊賢の父・高明？

俊賢は「源氏」。そう、『源氏物語』の「源氏」です。実は**光源氏のモデルとして名高いのが俊賢の父、源高明《たかあきら》**なのです。「源氏」姓は皇族が増えすぎるのを防ぐための措置として、天皇家の人間を皇族より低い身分に落とす「臣籍降下《しんせきこうか》」の際に与えられたもの。光源氏も高明も源氏姓を与えられて臣籍降下しています。

高明と光源氏との間には、多くの共通点があります。

一　高明は醍醐天皇の子だが、第十皇子。光源氏と同じく天皇を継げない立場。
二　高明も光源氏も母親が「更衣《こうい》」。天皇に仕える女官だが身分が低い。
三　高明は左大臣、光源氏も太政大臣まで上り詰めた。
四　高明は「安和の変」で左遷された。光源氏も須磨《すま》(現・神戸市須磨区)へ退去した。

最後にもう一つ。

光源氏は、自分の息子の夕霧《ゆうぎり》に大学へ行くことを強く勧めます。夕霧は、元服すればすぐにでも公卿、やがて大臣にもなれる立場にいましたが、光源氏は自分の息子に、親の七光りのバカ大臣にだけはなってほしくなかったのです。

当時は「大学寮」という教育機関があり、ここで官吏の養成を行っていました。夕霧はそこでしっかりと学問を学びました。同様に、高明も息子の俊賢に大学へ行くことを熱望し、それを受けて俊賢も大学寮に進んでいます。そこで学んだことが俊賢の能吏《のうり》としての基盤になったのは間違いありません。

ここまで共通点が多いと、「光源氏のモデルは源高明だ!!」と確定したいところですが、他にも嵯峨《さが》天皇の第十二皇子として生まれた源融《とおる》や、栄華を極めた藤原道長が光源氏のモデルとして挙げられることもあり、誰か一人に確定することは難しいところです。

紫式部が『源氏物語』を書いたのは、彰子の女房として出仕する前後の期間だといわれています。当時の政治状況と紫式部の見聞や経験が作品に反映されたのは間違いないところでしょう。

藤原行成——「三蹟」の一人で彰子立后の意見を具申！

書の名人「三蹟」
小野道風、藤原佐理、
そしてボクこと藤原行成だよー
俊賢のお陰で出世
出世!!
俊賢アニキ、どこまでも付いていきます
もちろん道長にはゴマをすります
あれっ、いつの間にかアニキを追い抜いちゃった
先に従二位になった行成
絶対に俊賢の上座には座らない行成だった
宮中ではアニキと向かい合ってしか座らないぞ

「四納言」三人目は、**達筆で有名な藤原行成《ゆきなり》**（通称は「こうぜい」）です。

行成は名門藤原北家に生まれましたが、幼くして父を亡くして外祖父の庇護のもとで育てられます。元服後、兼家の奸計《かんけい》によって花山天皇が退位することになった「寛和《かんな》の変」（167ページ参照）が起きると、その影響を受けて不遇の時代を迎えることになりました。二十代前半で従四位下となった行成は、位階の上では殿上人ですが、実は「散位《さんい》」（簡単にいうと「無職」）でした。

「することないな〜。まあ、書でも練習するか」

と言ったかどうかわかりませんが、行成は書の才能に恵まれており、当代の能書家として「三蹟」の一人に数えられました。

行成は、同じく三蹟の一人で「書道の神」と呼ばれた小野道風《おののみちかぜ》（通称は「とうふう」）。行成が生まれた時にはすでに亡くなっていた）に私淑《ししゅく》していました。「夢の中で道風様に会って、書法を授けられたよ〜!!」と、興奮気味に日記に書き残しているくらいです。温順優雅な道風の書風と、三蹟のもう一人である藤原佐理《すけまさ》（通称は「さり」）の穏やかでゆったりした書風を併せ持った行成の書は高く評価され、**「世尊寺《せそんじ》流」と呼ばれる書道の流派の祖**となります。天下の道長からも書を所望されるくらいのモテモテぶりです。

また、公任の撰んだ『和漢朗詠集』を清書したのが行成で、それを書の名家たちが書写していったことで、習字の手本とされる栄に浴しています。

エラくなっても兄と慕う俊賢の上座には座らない！

「果報は寝て待て」というように、行成にチャンスが転がり込んできます。**兄と慕《した》う十三歳年上の源俊賢が、出世コースの蔵人頭《くろうどのとう》に推挙してくれた**のです。これは異例の大抜擢でした。

「俊賢アニキ、ありがとう!!」（号泣）

俊賢の期待に応えるべく、行成は一条天皇の側近として真面目に働き、信頼を得ていきました。この頃、行成は中宮定子のもとを頻繁に訪れ、清少納言《せいしょうなごん》ともツーカーの仲になって『枕草子《まくらのそうし》』にも何度も登場しています。

三年経った九九八年には、その努力が実って従四位上に叙せられ、その後、事務方トップの右大弁《うだいべん》にまで昇格です。行成は日記『権記《ごんき》』に誇らしげに記しています。

「やったぜ、オレはまだ齢《よわい》二十七‼　三十歳より前に『右大弁』に任じられたのは、オレ以前には二人しかいない‼」

さて、時は藤原北家全盛時代、中でも道長が骨肉の争いを制して絶頂期を迎えようとしていました。道長は、中宮定子が第一皇子の敦康《あつやす》親王を産んでいるにもかかわらず、彰子の立后を希望します。この前代未聞の「一帝二后《いっていにこう》」を成し遂げるためには、正当な理由、いえ、「こじつけ」が必要でした。

その時、**道長の意向を受けて彰子立后の意見具申を行ったのが行成**でした。

・現在の三人の后妃はいずれも出家しており神事を務められない。
・卜占《ぼくせん》の結果、彰子を皇后に立てて神事を掌《つかさど》るようにさせるのがよいと出た。

などなど様々な詭弁《きべん》を弄し、あることないこと、なんでもいいので彰子を皇后に立てるよう理屈をつけて具申したところ、一条天皇は（仕方なく）許諾しました。

もちろん、道長の喜びようは半端ではありません。行成はその後も道長のブレーンとして活躍した結果、ついに兄と慕う俊賢を超えて従二位に叙せられました。

「これはヤバい!! 恩義ある俊賢アニキより上座に座るわけにはいかない」

そう思った行成は、俊賢が出仕する日は病気と称して出仕を控え、出仕せざるを得ない日は俊賢の向かいの席に着座し、俊賢の上席には決して着席しませんでした。

義理堅さを発揮した行成なのでした。さすがですわ行成サマ!!

病床の一条天皇に「誰に譲位すべきか」を助言

一〇一一年、重病となった一条天皇から、誰に譲位すべきかを尋ねられた行成は、「皇太子には、第二皇子敦成親王（母は中宮彰子）を立てたほうがよろしいかと存じます」と、答えました。

第一皇子とはいえ、定子の子である敦康親王を東宮にすれば道長が承知せず、政変が起こる可能性すら出てくる。ここは道長の外孫である敦成親王を東宮に立ててコトを丸く収めよう……行成は状況を冷静に判断して一条天皇にアドバイスしました。

この時も行成は神意を強調するなど、かなりのこじつけに終始したのですが、一条天皇としても道長を怒らせるわけにはいかず、**行成の屁理屈を承諾して「渡りに船」とばかりに敦成親王を東宮にすることにしました**。グッジョブ行成!!（道長心の声）

敦成親王はのちに後一条天皇となり、道長の栄華は頂点を迎えます。その道長が引退し、長男の頼通《よりみち》が摂政になると、行成は頼通の側近として活躍しました。

一〇二八年一月三日亥《い》の刻（午後九時～十一時頃）に行成は五十七歳で亡くなりましたが、なんと同日寅《とら》の刻（午前三時～五時頃）に道長が亡くなっていました。

その日は朝から宮中も世間も「道長様が亡くなった!!」という報に大騒ぎ。**誰も行成の死を気にかけていない状況**です。頼通が父道長の死を後一条天皇に奏上した際にも、行成の死については触れなかったといわれています。

最期の時まで道長サマの陰に隠れ続けて、ちょっとお気の毒な行成サマですね……。

藤原斉信――『枕草子』に最多登場も中関白家を見限った男

「四納言」の最後を飾るのは、**藤原北家に生まれた藤原斉信《ただのぶ》**です。

斉信は十五歳で従五位下に叙爵《じょしゃく》して殿上人の仲間入りを果たすと、花山朝から一条朝前期にかけて順調に出世を続けます。

しかし、藤原公任が参議に昇進したあとに空いた蔵人頭の選定において、適任のはずの斉信を飛ばして下位にあった源俊賢が任ぜられました。

それを知らなかった斉信は、当然自分が任命されたと思っていたので、意気揚々《いきようよう》と参内してライバルの俊賢と行き合った時に、

「蔵人頭には誰が任ぜられましたかな?」

と、嫌味のつもりで尋ねたところ、

「ありがたいことに、私めが任ぜられたとのことです」と、思わぬ結果を聞かされて赤っ恥をかきました。

俊賢のこの出世には、道隆の力が働いていたといわれています。**道隆に気に入られていた俊賢は斉信を出し抜き、ちゃっかり自分を売り込んで蔵人頭の地位を手に入れた**のです。さすがコウモリゴマすり男です。当時摂政だった道隆の推挙では、斉信も諦めるしかありませんでした。

実資・頼通・教通の「トロイカ体制」に阻まれ大臣になれず！

それから二年後、念願の蔵人頭となった斉信は、道隆の従弟《いとこ》ということもあって、中宮定子のサロンに頻繁に出入りしていました。**中関白家以外の男性貴族として『枕草子』に最多出場を誇る斉信**です。

斉信は、清少納言と丁々発止《ちょうちょうはっし》のやり取りを交わし、中関白家の人々とも親密だったのですが、花山天皇からの寵愛を受けて女御《にょうご》となった妹の忯子《しし》（161ページ参照）が亡くなり、その花山天皇も退位すると、外戚として出世する道が閉ざされてしまいました。

そこで**計算高い斉信は道長に急接近**します。

道隆の薨去のあとに起きた「長徳《ちょうとく》の変」（187ページ参照）により、伊周・隆家兄弟が左遷された当日に、なんと斉信は参議に任ぜられ、公卿に列しました。

落ちぶれゆく中関白家を見限り、いつの間にか裏切っていたのです。

斉信、お前もか!!　出世のためとはいえ、イヤラシイ男です。

また斉信は、兄の誠信《さねのぶ》とも出世競争を繰り広げました。

道長の後押しもあって、斉信はわずか数年で参議から権中納言《ごんちゅうなごん》へと出世します。**追い抜かれた兄の誠信は、道長と斉信を深く恨んで激高し、絶食の末に憤死《ふんし》した**といいます。

『大鏡《おおかがみ》』には、誠信の怒りは凄まじく、握り締めた手の指が甲を突き破るほどであったと書かれています。こ、怖い。

誠信の無能ぶりや酒の席での失敗談が伝わっていることからすると、弟の斉信のほうが優秀だったから出世したにすぎないのでしょうが、プライドの高い誠信としては、弟に追い抜かれたショックは相当なものがあったのでしょう。

こうした**昇進に関する恨みや妬みは、当時の男性貴族の間では「死をも賭する」レベル**のものでした。

斉信が公任より先に従二位に昇進した時、公任は道長に辞表を叩きつけて駄々をこねたという話は前に書きましたね（233ページ参照）。

出世欲の権化《ごんげ》である斉信は公任より先に権大納言に昇進し、四納言の筆頭格となりました。

しかし、さすがに道長の息子たちには、その後塵《こうじん》を拝します。長男頼通はもとより、三十歳近く年下の五男教通にまで先を越されてしまいました。

焦った斉信は娘を道長の六男長家《ながいえ》に嫁がせますが、子供はもうけず若くして亡くなったため、斉信は大きく落胆します。

それでも大臣への任官を強く望んだ斉信でしたが、右大臣の藤原実資が「生涯現役」を貫いて九十歳近くまで長寿を保ち、左大臣頼通、内大臣教通との三人大臣体制が長～く続いたため、**斉信の大臣任官の夢は叶うことがありませんでした。**
どれほど残念無念だったことでしょう……（共感はしませんが）。
斉信は一〇三五年に薨去。享年六十九でした。

『紫式部日記』の関係略年表

西暦	紫式部の年齢	道長の年齢	事項
966		1歳	藤原道長生まれる。
970	1歳	5	紫式部、この頃に生まれる。※父は藤原為時、母は藤原為信女。
973	4	8	母為信女、この頃に死亡。
984	15	19	花山天皇即位。為時、式部の丞に任じられる。
986	17	21	花山天皇が出家して退位。一条天皇即位。藤原兼家が摂政となる。 為時、官職を失う（散位）。
990	21	25	定子が一条天皇に入内する。藤原道隆が関白、のちに摂政になる。
995	26	30	道隆、死亡。道兼「七日関白」で死亡。道長、右大臣となる。
996	27	31	為時の越前守赴任に伴い、紫式部も下向。 「長徳の変」で伊周・隆家が失脚。道長が左大臣に転任。
998	29	33	紫式部、藤原宣孝と結婚。

※紫式部の生年に関しては諸説あり、973年出生説も有力。

999	30	34	娘賢子が生まれる。彰子が入内。
1000	31	35	彰子が立后し、「一帝二后」となる。
			定子、死亡。清少納言は宮仕えを辞す。
1001	32	36	夫宣孝、死亡。
1005	36	40	紫式部、この頃から中宮彰子に出仕。
1008	39	43	彰子懐妊、紫式部がその出産記録係を拝命する。
			彰子、敦成親王出産。
1009	40	44	彰子、敦良親王出産。
1011	42	46	為時、越後守として赴任。弟の惟規、父の任地に赴いて死亡。
1013	44		紫式部、この頃彰子のもとを去るか。
1016	47	51	敦成親王が後一条天皇となり、道長が摂政となる。
1018	49	53	道長の三女威子が中宮となり「一家立三后」を成す。
1019	50	54	道長、出家。
			この頃以降、紫式部死亡。
1028		63	道長死亡。

◎参考文献

『新編日本古典文学全集26 和泉式部日記 紫式部日記 更級日記 讃岐典侍日記』中野幸一ほか校注・訳（小学館）／『新潮日本古典集成 紫式部日記 紫式部集』山本利達校注（新潮社）／『紫式部日記 現代語訳付き』山本淳子訳注、『御堂関白記 藤原道長の日記』繁田信一編（以上、角川ソフィア文庫）／『私が源氏物語を書いたわけ 紫式部ひとり語り』山本淳子（角川学芸出版）／『知るほど不思議な平安時代 上・下』繁田信一（教育評論社）／『平安の宮廷と貴族』橋本義彦、『紫式部』今井源衛（以上、吉川弘文館）／『平安時代大全』山中裕（ロングセラーズ）／『新編 人生はあはれなり…紫式部日記』小迎裕美子著・赤間恵都子監修（KADOKAWA）

本書は、本文庫のために書き下ろされたものです。

眠《ねむ》れないほどおもしろい紫《むらさき》式《しき》部《ぶ》日記《にっき》

著者　板野博行（いたの・ひろゆき）

発行者　押鐘太陽

発行所　株式会社三笠書房

〒102-0072 東京都千代田区飯田橋3-3-1

電話　03-5226-5734（営業部）03-5226-5731（編集部）

https://www.mikasashobo.co.jp

印刷　誠宏印刷

製本　ナショナル製本

ISBN978-4-8379-3067-9 C0195